新 潮 文 庫

Yuming Tribute Stories

小池真理子　桐野夏生　江國香織
綿矢りさ　柚木麻子　川上弘美

新 潮 社 版

11627

目次　CONTENTS

Yuming Tribute Stories

あの日にかえりたい

小池真理子

小池真理子 Mariko Koike

1952年東京生まれ。1989年「妻の女友達」で日本推理作家協会賞（短編部門）を受賞。以後、1995年『恋』で直木賞、1998年『欲望』で島清恋愛文学賞、2006年『虹の彼方』で柴田錬三郎賞、2012年『無花果の森』で芸術選奨文部科学大臣賞、2013年『沈黙のひと』で吉川英治文学賞を受賞する。主な著書に『水の翼』『無伴奏』『望みは何と訊かれたら』『神よ憐れみたまえ』『月夜の森の梟』など。

学生時代、「サイゼリヤハウス」という名のアパートに住んでいた。

自分の住所を、サイゼリヤハウス２０１号室、と書く時は、まんざらでもない気分だった。小洒落《こじゃれ》た白いコテ塗り壁の、見栄《みば》えのいい、たとえて言えば新婚向きのコーポラスのような建物を想像してもらえるかもしれない。

だが、住所を頼りに訪ねてくる友人は皆、建物をひと目見るなり、呆《あき》れ、吹き出した。「サイゼリヤハウス」は、雨が降ると音がうるさいトタン屋根の二階建て。廊下には共同トイレのにおいが漂っている、ただの学生専用の安アパートだった。

一階と二階に、それぞれ、変色した畳の四畳半の部屋が五部屋ずつ。ガラスの引き戸がついた共同の玄関は狭く、うすぐらく、いつだって脱ぎっぱなしにされた住人の履物が乱雑に散らばっていた。

共有スペースの掃除は、一応、当番制になってはいたものの、ほとんど誰もまともにやろうとしなかったし、やらなかったからといって、誰からも非難されなかった。そのせいで、靴を脱いだり履いたりするたびに、あたりには綿埃《わたぼこり》が舞い上がり、他人の履物と共に、干からびた虫の死骸《しがい》を踏みつけてしまうこともよくあった。

　私の部屋だった201号室は、階段を上がってすぐの右側。角部屋だったので、窓が二か所あった。

　四畳半に小さな流しと、マッチを擦って火をつける鋳物《いもの》のガスコンロ、一間の押し入れがついていて、部屋代は月に七千五百円。一九七〇年代の初めころ、地方出の学生が借りる部屋としては、ごく平均的な賃料だった。

　表通りに面していないほうの窓からは、茫々《ぼうぼう》と雑草が生えている隣の空き地が見えた。梅雨どきなど、網戸の破れ目から藪蚊《やぶか》が部屋に入ってくるので閉口したが、窓がふたつあったおかげで、風通しがよく、部屋は明るかった。

　サイゼリヤハウスの入居者は、一階は男子学生、二階が女子学生、と決められていた。大家の口癖は、「一階と二階を行き来することは厳重に慎むように」だった。

「あぁたがたのことを監視するつもりなんか、これっぽっちもないですからね」と彼女は言った（彼女が口にする「あなたがた」は、私の耳にはいつも「あぁたがた」に聞こえた）。

「あぁたがたがどんな生活を送ってるのか、様子を見に行こう、だなんて、そんなお節介なことはしませんよ。うちは大学の寮じゃないんですからね。でもね、私がお貸ししてるアパートで、何か問題がおきたら田舎のご両親に申し訳がたたないでしょう。何が言いたいか、わかるわね？　お願いしますよ」

大家は五十を過ぎた頃合いの、独身の女だった。よく知らないが、結婚歴はなかったのではないかと思う。アパートから徒歩十五分ほどの距離にある、小さな庭のついた和洋折衷の古い家に近所の主婦を集め、生け花を教えていた。

教えると言っても、趣味の延長のようなものだったので、アパートの家賃収入だけで食べていけたのだろう。たいしたことはないにしても、あの近辺の古い地主の一人娘だったのかもしれない。

ブラウスやシャツの第一ボタンまできちんと留め、セーターなら必ずハイネック。首や胸元はもちろんのこと、真夏でも長袖《ながそで》姿だった。肌をみせるのははしたない、と思っていたのか。若者は放っておくと必ず何かの過《あやま》ちを犯す、と決めつけており、何よりも学生運動とフリーセックスを目の敵《かたき》にしていた。

家賃や光熱費を銀行の口座引き落としにしている学生など、皆無だったような時代である。部屋代は、毎月一度、直接、大家の家に届けることになっていた。

群馬県の地方都市に住んでいた私の親からは、月末になると、小額ながら、近くの郵便局の局留めで生活費が送られてきた。父が安月給の会社員だったので、親は大変だったろうと思うが、父も母も、私が東京でアルバイトをすることにいい顔をしなかった。大都会でのアルバイトは、彼らにとって、すべて怪しいのだった。

その種の心配をさせられるくらいなら、多少の無理も致し方ない、と思っていたらしく、学費の他に、毎月、なんとか暮らしていけるだけの生活費を送ってもらえたのはありがたいことだった。

待ちわびていた現金書き留めを郵便局で受け取ると、私はその足でまっすぐ大家の自宅に向かった。

蝶番《ちょうつがい》がぎしぎしと鳴る古びた木製のドアを開け放したまま、玄関先に立っている私の目の前で、大家はいつも指先をぺろりと舐《な》めてから千円札と百円玉を数えた。やることはいつも同じだった。

そして、「はい、七千五百円」と言いながら、気取った仕種《しぐさ》で金を両手ではさみ、軽く頭を下げた。「確かに頂戴《ちょうだい》いたしました」

雑談や世間話はめったにしなかったが、たまにお愛想のように、田舎のご両親はお元気？　などと訊《き》いてきた。

「はい、おかげさまで」と答えると、「そう、それは何よりね」と大家は言い、うすく笑った。

「余計なことかもしれないけれど、風紀を乱さないようにしてくださいね。ご両親に余計な心配をかけないように」

　風紀を乱す、というのは、たとえばどんなことを言うのか、具体的に訊いてみたかったが、ぐっとこらえた。私はそのたびに笑顔を作り、「大丈夫です」と応《こた》えた。

サイゼリヤハウスの住人たちは、彼女のことを蔭《かげ》で「風紀おばさん」と呼んでいた。今も処女のままでいる、というのがもっぱらの噂《うわさ》で、誰もがそれを信じていた。

　それにしても、あのひっつめ髪の、身体《からだ》つきに膨らみや潤《うるお》いのまったくない、ゴツゴツした印象の風紀おばさんが、自分が所有しているサイゼリヤハウスで、日夜、行なわれていることに気づかずにいられたのは、運がよかったとしか言いようがない。

　男女の別なく、みんな親しくしていたから、深夜早朝問わず、互いの部屋を行き来していた。階段の途中に、見かけない若い男が座って煙草《たばこ》をふかしていたりしても、二階の女の子を訪ねて来て留守だったんだろう、としか思わなかった。

　一階の住人が友人を集めてマージャンを楽しんでいると、二階の女子が差し入れを手に訪ねて行き、宴会が始まる、などということもよくあった。宴は朝日がのぼるころまで続けられるのが常だったし、そんな時はアパート中が煙草くさくなった。

日曜日ともなると、あちこちの部屋から、音楽が流れてきた。貧乏学生ばかりだったから、音楽はたいてい、手持ちのトランジスタラジオから流れてくる当時のヒット曲や、ＦＥＮ放送ばかりだった。レコードプレーヤーを所有していたのは、一階に住む、革命家気取りの学生だけだったと思う。

それまでしんと静まりかえっていた部屋から、男と女のまぐわう気配が伝わってくることも珍しくなかった。相手が誰か、ということをふくめ、誰もとりたてて詮索《せんさく》はしなかった。詮索など野暮なことだ、とみんなが思っていたし、多かれ少なかれ、住人たちは自分のことで忙しかったのだ。

一階の共同トイレの隣の部屋に住んでいた男子がつきあっていたのは、少し年上だというＯＬだった。彼女が足しげく彼の部屋に通って来ていたところをみると、親と同居していたか、会社の寮のようなところに住んでいたのかもしれない。

二人はしょっちゅう、喧嘩《けんか》していた。アパートの壁や床はうすく、言い争いや泣き声は建物中に丸聞こえになった。

たいていは、互いの浮気を疑うことから始まり、言葉の応酬が次第にエスカレートしていく。今から思えば、犬もくわないような、馬鹿馬鹿《ばかばか》しい喧嘩だったが、二人は飽きもせず、月に一度は同じことを繰り返していた。

蒸し暑い夏の夜、怒号と共にものが飛び交い、女の悲鳴と共にガラスが割れて地響きがし、パトカーが出動する騒ぎになったこともある。

大立ち回りを演じて興奮状態にあった二人が冷静さを取り戻し、互いに涙目になりながら、怪我《けが》がなかったかどうか、確かめ合っているのを尻目《しりめ》に、警官は露骨にうんざりした顔をみせた。

「ここには管理人はいないのかね」

警官は、外に出てきた野次馬の住人たちに向かって問いかけた。私たちの父親ほどの年齢の男だった。「建物の責任者は誰？」

一人の男子が一歩前に進み出た。長髪で髭《ひげ》をたくわえ、頭にいつも汚れた手拭《てぬぐ》いを巻きつけている男で、中核派に属している、という活動家だった。サイゼリヤハウスで、唯一《ゆいいつ》、レコードプレーヤーを持っていた男である。ジョン・コルトレーンやセロニアス・モンクのＬＰが彼の自慢だった。

「大家さんならいますよ」と彼はくわえ煙草をしたまま、皮肉たっぷりに言った。

「めったに、ここには来ませんけどね。毎日、お花の仕事で忙しいから」

集まった住人たちが、一斉にふくみ笑いをもらした。

「お花の仕事？　なんだ、それは」

「生け花の先生なんですよ。でも、前衛生け花、っていうわけじゃなくてね。ふつうの、昔っからある生け花。ニッポンの伝統芸術です。つまりですね、このアパートの大家らしからぬ方、ということです」

警官は疲れたようなため息をつき、両眉《まゆ》を大きく上げながら、取り出したばかりの手帖《てちょう》を閉じた。「ガラス、片づけておくように。怪我をするからね。いいね？」

騒ぎを起こした部屋のカップルは、素直な子供のように、はいっ、と声をそろえた。野次馬たちは、三々五々、それぞれの部屋に引き揚げて行った。

何事もなかったように、サイゼリヤハウスの夜は更《ふ》けていった。

開けっぱなしにしていた窓の外、二階の隣の住人のラジオから、キャロル・キングの「イッツ・トゥー・レイト」が、大音量で流れてきたことを覚えている。

サイゼリヤハウスで、私が一番親しくしていたのが、２０５号室のヒトミだった。

有名私立大学の英文科に通う学生で、郷里は秋田。色白で肌が透き通っているように見える、美しくて頭のいい、しかし、痩《や》せっぽちの風変わりな子だった。

とにかく食べないのだ。食べることに関心を抱かないのだ。

「コーヒーと煙草だけで生きていける」と言うのが口癖で、実際、私はヒトミがまともな食事をとっているのを見たことがない。

親しく部屋を行き来するようになり、実家の母が送ってくれる、少し湿気《しけ》たクッキーや漬け物などを持って行っても、あ、私はいらないから、と断られた。記憶の中に残っているヒトミはいつも、煙草片手に、コーヒーを飲み続けていて、何かを食べているヒトミは思い出すことができない。

だからといって、拒食症というのでもなさそうだった。体重を減らしたい、とか、もっときれいになりたい、といった、若い娘らしい願望とも明らかに無縁だった。

空想の翼をひろげ、現実ではない世界の中にもぐりこみ、自由に泳ぐことにしか興味がない娘だった。おしゃれにも関心を抱かず、服装は地味だった。恋愛だの結婚だの、といった話題にも無関心だった。

一方では、信じがたいほどの読書家で、文学書はもちろん、詩集、評論、哲学書、思想書も読みあさっていた。中でも彼女が傾倒していたのはヴァージニア・ウルフだった。英語に堪能《たんのう》で、ウルフの作品も辞書片手に原書で読んでいた。そして、ひとたびウルフについて語り出すと、止まらなくなった。

難かしすぎて、わたしにはついていけない話題だったが、少し興奮気味に抽象的な話を続けている彼女は輝いていて、すばらしくきれいだった。わたしはそんなヒトミを前にして、ぼんやりと彼女の言葉に耳を傾けているひとときが好きだった。

拒食症でないのだとすれば、何か内臓の病気があるのかもしれない、と思ったこともある。かなり勇気のいる質問だったが、或《あ》る日、「もしかして、どこか身体が悪いの？」と訊《たず》ねてみたことがあった。

いやな顔をされたらどうしよう、と不安にかられる私を前に、ヒトミは「ううん、全然」とのどかな口調で言い、首を横に振った。「食べたくないから食べないだけ。別に病気じゃないから、ご心配なく」

「でも、いくらなんでもコーヒーと煙草だけじゃ、生きていけないでしょう。そんなこと、長く続けてたら、身体こわすと思うけど」

「みんなにそう言われるわね」

「もしかしてヒトミちゃんは、実は仙人だったりして？」

「カスミを食べてる仙人？」ヒトミは笑った。「さすがにカスミは食べたことないけど、ずっとこうやってきたから、大丈夫なのよ。おいしくコーヒーを飲んで、おいしく煙草が吸えれば、それで充分なの。余計なものを無理して胃の中につめこむと、かえって具合が悪くなるの」

「おなか、空《す》かないの？」

「空かない体質みたい」

「しつこく訊いてごめんね。でも、知りたい。もしもね、もしもよ、何か食べたいな、って思うことがあったとしたら……あくまでも仮定の話だけど……そういう気分になったとしたら、何が食べたい？」

その種の質問自体、軽蔑《けいべつ》の対象になり、冷たく拒絶されるかと思ったが、ヒトミは大きな目をくるくるまわし、時折、天井を見上げながら少し考えて、「そうねえ」と言った。「メロンかな」

「メロン？」

「そう」

「高いから簡単には買えないね」

「私が言ってるのはマスクメロンじゃなくて、プリンスメロンのほう」

「ああ」と私は笑顔を向けた。「私もプリンスメロン、大好きよ。マスクメロンは盲腸で入院した時以外、食べたことないけど。でも、プリンスメロンのほうがマスクメロンより、ずっと美味《おい》しいと思う。安いしね。わかった。今度、機会があったら、プリンスメロン、もってきてあげる」

ヒトミは、情愛をこめた目で私を見つめ、「タカコちゃんって、いい人ね」と言った。そして、齧歯《げっし》類《るい》に似た小さな白い前歯をみせながら微笑すると、この話題はこれで終了、と言いたげに、セブンスターをくわえるなり、マッチで火をつけた。

ヒトミが通う大学の学園祭に招かれたのは、大学三年になった年の秋である。

私は高校のころからの親友、ハルコに声をかけ、一緒に行かないかと誘った。理由は簡単。ひとりで行きたくなかったからだ。

たとえひとりで行っても、ヒトミが案内してくれるのだから、心細くはなかったはずだが、ヒトミの大学は私やハルコの大学よりもずっと有名で、入学試験の難易度も、全国の私大の中ではトップクラスだった。

私の中には、ヒトミに対する、つまらない劣等感があったのだと思う。ふだんは意識せずにいられたというのに、学園祭に行くことが決まったとたん、自分でも説明のつかない、奇妙な緊張感に襲われたのだ。

群馬県の同じ高校を卒業し、たまたま同じ東京の私立大学に入学したハルコは、「行く行く」と喜んで同行を引き受けてくれた。

彼女は当時、都内にある叔父夫婦の家に居候《いそうろう》していた。近所でも有名な大きな屋敷で、ハルコは二階の洋間をあてがわれていた。

居候の部屋とは思えないほど広く、窓には出入りできる小さなバルコニーもついていた。初老の住み込みのお手伝いがいて、私が遊びに行った時、ハルコは「お嬢様」と呼ばれていた。

彼女の親は、代々、地元で大きな織物問屋を営んでおり、自宅は総檜《そうひのき》の数寄屋《すきや》造り。店にも自宅にも使用人が大勢いた。生活レベルも環境も、私とは何もかもが違い過ぎていたが、ハルコと私は、なぜか初めからウマが合った。

ヒトミのことは、サイゼリヤハウスですでにハルコに紹介していた。三人で新宿に映画を観《み》に行ったこともある。

道路をはさんで伊勢丹の向かい側にあったアートシアター新宿文化。その日、私たちが観たのは、低予算ながら、優れた芸術性のある作品だけを配給するＡＴＧの、『あらかじめ失われた恋人たちよ』だった。

帰りにそろって中村屋に寄って、コーヒーを飲んだ。話したのは主に、観たばかりの映画の感想だった。抽象度の高い話を始めるとヒトミはたいてい、饒舌《じょうぜつ》になったが、その時もそうだった。相変わらず何も食べようとしなかったのも同じだった。

「ねえねえ、ほんとにあの子、なんにも食べないのねえ」と後にハルコは心底、呆れた口ぶりで言った。

中村屋で私とハルコが注文したケーキを「一口、どう？」と勧めても、ヒトミは頑固に首を横に振り続けたのだ。

「でもさ、蔭でこそこそ、いろんなもの、食べてるんじゃない？　絶対そうよ」ハルコは自信たっぷりだった。

「そうかな」

「そうじゃなかったら餓死してるでしょ」

「だとしたら、何食べてるのよ」

「みんなが食べるようなものをふつうに食べてるのよ。煙草とコーヒーだけ、なんて気取ったこと言っちゃった手前、人の見てるところでは何も食べられなくなったもんだから、一人でいる時にだけ、がつがつ食べて、あとは涼しい顔してるんだわ、きっと」

「でも、事実、ヒトミの部屋には炊飯器もないのよ。お鍋《なべ》だって、お湯わかすのに使ってるだけ、って言ってたし」

「ほらね、やっぱり。お鍋でお湯わかしてカップラーメン食べてるのよ」

「なるほど」

「他においなりさんとかもね」

　私は笑った。「なんで、そこで、おいなりさんが出てくるの」

「タカコのアパートの近くに、いなり寿司《ずし》とか、おはぎとか、いろんなものを売ってるお店、あるじゃない」

「ああ、あそこね。私はおいなりさんより、かんぴょう巻きのほうが好きだけど。銭湯に行った帰りに、時々、買うことがあるよ。食事代わりに」

「そういう時、味噌汁《みそしる》なんかは自分で作るの？」

「たまにね」

「タカコの味噌汁って、タマネギが入ってたんじゃなかった？」

「よく知ってるね」

　ハルコはくすくす笑い、「タカコったら」と軽く私の肩を叩《たた》いた。「大学入ってすぐのころ、初めてタカコのアパートに行った時、部屋でごはん炊《た》いて味噌汁作ってくれたじゃない。あと、目玉焼きに醤油《しょうゆ》かけたやつ。えーっ、味噌汁にタマネギ？　って、私があんまりびっくりしたもんだから、タカコ、むくれてさ」

「そりゃそうよ。卵とタマネギしかなかったんだから、仕方ないじゃない」

「そうよね。悪かった。タマネギだけの味噌汁があったっていいよね。でも驚いたわよ、やっぱり」

「ハルコはさ、乳母日傘《おんばひがさ》で育ったお嬢さんだもんね。味噌汁も作ったことないんでしょ？」

「たしかに認めるけど、私だって、ヒトミちゃんみたいに、お湯わかしてラーメン作ったり、おいなりさん買って食べたりはするよ」

「そういうのは、料理とは言わないの」

私たちは顔を見合せ、吹き出した。

……そうした流れで、私はヒトミに誘われた大学の学園祭に、ハルコを連れて出かけて行くことになったのである。

歴史を感じさせる重厚なキャンパスには、当時、まだ大学自治会や全共闘の立て看板が何枚も立てかけられており、「我々は今こそ、本学園のプチブル的な行事に断固、反対を表明する」といった内容の檄文《げきぶん》を記したビラが大量にまかれていた。ヘルメットをかぶった数人の学生が拡声器片手にアジ演説を行なっており、そのまわりには、男女学生が大勢、たむろしていた。

だが、一時期の大学紛争の勢いは衰えをみせ始めていた。それは何もヒトミの大学だけに限らない。連合赤軍によるあさま山荘事件と集団リンチ事件がひとつの契機となり、70年安保闘争は急速に下火になりつつあった。ヒトミの大学のキャンパスでも、声を嗄《か》らしてアジ演説を続けている活動家たちが、「プチブル的」な、平和きわまりない学園祭ムードに圧されている様子なのは、誰の目にも明らかだった。

「お招きありがとう」

気取った口調で、ヒトミに挨拶《あいさつ》をした私に続き、ハルコも会釈《えしゃく》しながら「愉《たの》しみにしてました」と少し堅苦しく言った。

私たちに何か応えようとしかけたヒトミが、その時、視線を外すなり、「あ、カズ君！」と声をあげた。

私たちの後ろに向けられた視線を追って振り向くと、長身の若い男が、照れくさそうな微笑を浮かべて、こちらに近づいて来るのが見えた。

ヒトミの大学の法学部の学生で、母方のいとこのカズヒコ、と紹介された。

ヒトミよりも一つ年上だが、一年浪人したので、学年は私たち三人と同じ。硬式テニス部のキャプテンとのことで、そう教えられれば納得のいく風貌《ふうぼう》だった。絵に描いたようなスポーツマンふうの骨格。誰もが好青年であることを疑わないような、屈託のない笑顔。長めに伸ばした髪の毛にはゆるく癖がついている。

ヒトミとよく似た、なめらかで美しい、少し日に焼けた肌。ハンサムとは言えないまでも整った顔立ちに、鍛え上げられた筋肉質の肉体がよく似合っていた。

だが、その目の奥には、何かに怯《おび》えたような、それなのに、ふしぎな熱情を感じさせる光が隠されているような気がした。相手との距離を計りながら近づき、近づいたふりをしながら、遠ざかっていく姿勢を保とうとするかのような。

ひと目見た時から、私は彼のその、さわやかな外見に似つかわしくない、ひたすら内向していこうとする雰囲気に興味を惹《ひ》かれたのだと思う。

ヒトミから私とハルコを紹介されると、カズヒコは「どうも」と言って、軽く会釈をした。私もハルコも「はじめまして」「こんにちは」と挨拶をした。

何をしゃべったのか、よく覚えていない。あたりさわりのない会話を交わし、そのうちまたお会いしましょう、などといった社交辞令を口にして、その場から離れただけだったと思う。

ヒトミはサイゼリヤハウスに、気軽に人を招くような人間ではなかった。友人のみならず、親や親類を部屋に招き入れた、という話も聞いたことがない。そもそも、ヒトミの部屋に誰かが訪ねて来たことがあっただろうか。

おかしな話だが、私はほんの一瞬、この男とは、もう、生涯二度と会うことはないのだろう、と思った。サイゼリヤハウスのヒトミを訪ねて来るのなら、再会する可能性もあったろうが、それは想像できなかった。

「いとこが同じ大学にいたなんて、ちっとも知らなかった」と私は言った。「そんな話、聞いたことがなかったもの」

「しなかったっけ?」

「うん、聞いてない。でもカッコいい人ね。ね？　ハルコ」

ほんとほんと、とハルコは大きな目を瞬《またた》かせながら、うっとりしたように深くうなずいた。「いかにもテニス部のキャプテンって感じ。青春ドラマに出たら似合いそう」

「中身は全然違うわよ。ああ見えて、少し前まではバリバリの活動家だったんだから。高校時代からやってたし」

「意外。そんな感じは全然しなかったけど」と私は言った。「どこから見ても、お金持ちの、さわやかなお坊っちゃまふうじゃない」

ふふ、とヒトミは皮肉をこめて笑った。「お坊っちゃまであるのは確かね。開業医の息子だから。それなのに頑として医学部に進もうとしなかったし、おまけにデモに出て機動隊に投石したりしてたんだから、今はもう、完全に親子断絶状態よ」

へえ、とハルコは目を瞬かせたが、何と返せばいいのか、わからなくなったらしく、何も言わなかった。

「でも」と私はヒトミに訊ねた。「なんで活動から足を洗うことになったの？」

ヒトミは軽く肩をすくめ、「さあね」と言った。「そういう話、したことないからわかんないわ。私、闘争とかセクトとか、新左翼系のことには全然興味ないのよ」

ヒトミが、学生運動について自分の考えを述べたり、感想を口にしたりしたことはなかった。その年の二月に起こった、あさま山荘事件の時も同じだった。多くの同時代を生きる人々が、様々な思いにかられた事件だったが、ヒトミはほとんど何も語ろうとしなかった。

本当に興味がないのか、もともと別の次元で生きているのか。それとも、烈《はげ》しく嫌《けん》悪《お》しているからなのか。確かにヒトミは、革命だの闘争だの、といったものと無縁の世界を泳いでいた。

「そうか」と私はあたりさわりなく言った。「いろいろあったんでしょうね」

「そうね」とヒトミは言い、ポケットからセブンスターを取り出して一本、くわえた。

「あ、マッチ持ってくるの、忘れちゃった」

ハルコが即座にショルダーバッグをまさぐってマッチを取り出し、ヒトミに手渡した。「どうぞ。使って」

ありがと、と言って受け取り、ヒトミは立ったまま、マッチを擦って煙草に火をつけ、深々と吸った。かたちのいい、少し乾いたくちびるから、まっすぐに煙が吐き出されて、秋の午後の淡い光の中に吸い込まれていくのが見えた。

もう会うこともないと思っていたカズヒコだったが、その日の夕方、私たちは早くも再会を果たした。あの時、学園祭の模擬店に入らなかったら、私はそのままハルコと共に帰路についていただろう。そして、彼とは二度と会わなかっただろう。そう考えるとふしぎでならない。カズヒコと会わずに帰っていれば、私やハルコの後の人生は違ったものになったのだ。

秋の陽が傾き始めている中、髪の毛をウルフカットにした女子学生が、黄色いエプロンをつけ、「ビールに焼き鳥、おでんはいかがぁ」と賑《にぎ》やかな呼び込みをやっていた。

ちょうど空腹を覚えていた私が、ハルコに「食べてかない？」と言い、ハルコも大乗り気になって、私たちは紙コップに注がれたビールと、湯気のあがったおでんの皿を手に、模擬店の奥の、簡易ベンチに腰をおろした。

例によって何も食べようとしないヒトミは、ジャーナリズム研究会に用がある、とかで、その時、私たちと一緒にはいなかった。

背後から「あれっ？　もしかして……」と声をかけられた。振り向くと、カズヒコが立っていた。私は思わず、かぶりつこうとしていた大根を口から離した。おでんの汁が胸元に飛び散った。

「またお会いしましたね」

私とハルコに向けて均等に、邪気のない、友好的な視線が投げられた。私たち三人は、二つのベンチに向かい合わせになって座り、ビールを飲み、おでんや焼き鳥を食べた。

大学で所属するサークルを訊かれた。ハルコはどこにも入っていないが、私は一応、映画研究会に籍を置いている、と教えると、カズヒコからいきなり、ヌーベル・ヴァーグについてどう思う？ と質問された。

何か気のきいたことを言おうとしたのだが、咄嗟《とっさ》にうまく考えがまとまらなくなった。

察した様子の彼が、ゴダールの『勝手にしやがれ』は、みんながほめるほどのものを感じなかった、と言ってくれた。緊張の糸がほどけ、私は内心、ほっとした。

「同じです！ よかった。私だけじゃないんですね。映画の内容以前に、ジャン＝ポール・ベルモンドがあんまり好きじゃないからかもしれないですけど」

「ベルモンドのどこが好きじゃないの？」

「そうですね、強いて言えば顔、かな」

「それはある意味、究極の反応かもしれない」カズヒコは微笑しながら言った。「好きな女の子から、顔が嫌い、って言われたら、男は諦《あきら》めるしかなくなる」

「私はタカコみたいに映画好きじゃないから、まだ観てなくて」とハルコ。「でも、ポスターはよく知ってます。ジーン・セバーグ、カッコよかったですよね。髪形もファッションも最高でした」

「ポスターになったのは、彼女がヘラルド・トリビューン、って声をあげて歩きながら、パリの町で新聞を売ってる時のシーンなのよ。ね？　そうでしたよね？」

　その通り、とカズヒコは愛想よく言い、もう、敬語は使わないことにしようよ、と付け加えた。それをいいことに、そのあたりから会話は友人同士のそれになった。

　私たちは三人でよく笑い、しゃべり、たちまち意気投合した。戻って来たヒトミと合流するころには、すでに日は暮れかかり、あたりには秋の夕暮れのにおいがたちこめていた。

　ヒトミもまじえて、そろって駅まで歩き、駅裏に並んでいた赤提灯《あかちょうちん》の店に入った。ヒトミはほとんど酒が飲めなかったので、オレンジジュースをちびちびやっているだけだったが、私とハルコ、カズヒコは日本酒の徳利を次から次へと空けていった。

気がつけばヒトミは先に帰ったのか、姿が見えなくなっていた。お先に、と声をかけられた覚えもないから、トイレに行ったふりをして、そのまま店を出たに違いなかった。ヒトミらしいことだった。

恋愛や男女の話に関して、白けた反応しか返してこないヒトミがいなくなったとたん、ハルコがおずおずとカズヒコに質問を投げた。

「カズヒコさんには、今、つきあってる人、いるの？」

カズヒコはわずかに沈黙したが、すぐさまゆっくりと首を横に振り、「いや、いない」と言った。「きみたちこそ、どうなの？」

ハルコは私に身体をぶつけながら照れ笑いをした。「いない、って言ったほうがいいわよね。ね？　タカコ」

「まあね」と私は同意した。わざと少し曖昧《あいまい》な言い方をしたのは、カズヒコの手前、見栄《みえ》を張りたかったせいだ。

事実、そのころ、特定の相手は私にもハルコにもいなかった。ハルコに言い寄って来ている男子学生がいたが、彼女は相手にしていなかった。生理的に受け付けない、というのがその理由だった。

私は私で、少し前まで同じ大学の同級生と交際していた時期があったが、これといった理由もなく疎遠《そえん》になり、そのままになっていた。

「そうか。ここにいる三人とも、ステディな相手はいない、ってことか」とカズヒコは面白そうに言った。「もったいないね。国家的な損失だな」

「異議なし」と私がふざけて言うと、カズヒコは目を細めて微笑《ほほえ》んだ。

互いに初対面だったというのに、会話は弾み放題、弾んだ。それはひとえに、彼が会話上手な男だったせいもあるだろうが、それだけではない。

あの晩すでに、私もハルコも、共に彼に惹かれ、興奮していたのだ。叶《かな》うならば、朝までこうやって一緒にいたい、話していたい、もっと親しくなりたい、と願っていたのだ。

だが、終電の時刻が近づいてくるころになると、彼は紳士的に「そろそろ」と言った。

このまま新宿に繰り出して、朝まで飲もう、と言ってくれることを期待していた私はひどく残念に思ったが、致し方なかった。

割り勘にするつもりで代金の計算をしている私に、彼は、いいからいいから、と言い、全員の勘定をすませた。そればかりではなく、店の外に出ると、「きみたちを送っていくよ」とまで言い出した。

少し酔いがまわっていたのだろう、私とハルコを同時に送って行く方法を懸命になって編み出そうとし、名案が浮かばない、と言って彼はしきりと首をひねった。笑い話のようなものである。私が使っていた電車の路線と、ハルコのそれとは異なっていた。そもそも、彼に限らず、別々のところに住んでいる者を二人同時に送り届けるなどという芸当ができるわけがない。

そんな彼を前にしながら、涙ぐましい犠牲的精神を発揮して、先に格好をつけたのは私ではなく、ハルコだった。

「じゃあ、せっかくだから、タカコ、送ってもらいなさいよ」と彼女は輝くばかりの笑顔で言った。不自然なほど、きっぱりとした言い方だった。

「え？　なんで？」

「私んところは、タカコのアパートよりもずっと駅から近いし、道も明るいから大丈夫」

「何言ってんの。せっかくカズヒコさんが送ってくれる、って言ってるのに……」

「だからさ、タカコが送ってもらえばいいじゃない」

言うなり彼女は、カズヒコに向かい、気取った仕種で頭を下げてみせた。「今日はごちそうさまでした。タカコのこと、よろしくお願いします」

カズヒコは困ったような表情で、私とハルコを交互に見つめた。

ハルコは腕にはめた小さな丸い時計を覗《のぞ》き、「あ、いけない。早くしないと終電、乗れなくなっちゃう」と言うなり、「じゃあね、私はここで。おやすみなさい」と踵《きびす》を返した。

言動の端々に、小さな無数の刺《とげ》のようなものが感じられた。それが何なのかはよくわからなかった。それまで心地よく弾んでいた気分が、いっぺんに萎《な》えしぼんでしまったような気がした。

三人でいる時に私が、ここで解散にしよう、とひと言、言えばよかったのか、と思った。そうすれば、カズヒコは二人の女のうち一人を選ぶ必要がなくなり、誰も傷つかずにすんだのかもしれない、と。

だが、そう思って後悔するそばから、そんなことをあれこれ考えるのが急に馬鹿らしくなった。

ハルコは魅力的な男を前にして、格好をつけたかっただけで、内心、自分こそカズヒコに送ってもらいたいと思っていたに違いないのだ。それなのに、私がなかなか遠慮する素振りをみせないでいたことに苛《いらだ》立ち、だったら、といきりたって、あのような言い方をしてきたのだろう。

ハルコらしいことだ、と私は自分を棚にあげて、彼女の子供じみた反応を苦々しく思った。お嬢さん育ちの娘にありがちな態度だった。自分の意に添わないことが持ち上がると、その気もないのに、わざと相手を立てて身を引いて、自己満足しようとする。そうしておけば、傷つかずにすむからだ。

終電の一本前の電車に乗り、アパートのある最寄り駅で降りるまで、私とカズヒコはあまり話をしなくなった。私が内心、ハルコの反応を腹立たしく思っていたのと同様、彼は彼で、何か別のことに気をとられている様子だった。

駅の改札口を抜け、アパートに向かって歩き出した時だった。

カズヒコが「実はさ」と切り出した。「こんなこと、話すつもりなんか、全然なかったんだけど。僕、今日は酔ったみたいだな。しゃべりたくなってきた」

「え？　何のこと？」

十一月の夜だった。気温が下がり、肌寒く感じられた。かすかに吹き抜けていく風がひんやりしていた。いくつかの建物の上、澄んだ夜空には月が出ていた。丸餅《まるもち》を半分に割ったような半月だった。

「……つきあってた女の人がいたんだけど……死んだんだ」

思わず歩みを止めてしまいそうになるのをかろうじて抑えた。私は黙っていた。

「予備校で知り合って、恋におちてさ。なんか、猛烈に惹かれ合って、すぐにつきあい始めたんだよ。合格した大学は別々だったけど、結婚するつもりだった。というか、二人の間では正式に婚約を交わしているつもりでいた」

「どうして」と私は小声で訊ねた。「どうして亡《な》くなったの」

「事故。バイトで家庭教師やってて、自転車でその家に行く途中、信号無視のトラックにはねられた。即死だった。ひどいもんだった。それ以来、僕の中では……」カズヒコは少し言葉を濁しながら続けた。「時が止まっちゃったみたいな感じがしてる」

ああ、と私は言った。何か言おうとしたのだが、言葉が浮かばなかった。

結婚するつもりでいた恋人が、いきなり事故で死んでしまったら、人はいったい、どんな気分になるものなのか。想像はできても、簡単に相槌《あいづち》を打ったり、励ましたりすることではないような気がした。

「今日、ヒトミから、カズヒコさん、以前は全共闘の活動家だったことがある、って聞いたの。その……学生運動から遠ざかったのは、彼女の死がきっかけだったの？」

「全部じゃないけど、大きな要因ではあったと思う」

「思想活動をするとか、革命に向かって突き進むとか、それどころじゃない、っていう感じだったんでしょうね」

彼は答えなかった。つまらないことを言ったのかもしれない、と思って、心底、自分がいやになった。私は再び黙りこくった。

駅前の閑散とした商店街を抜け、続く夜道を彼と肩を並べて歩いた。あたりを行き交う車の数が次第に少なくなっていった。

「私は典型的なノンポリなの。反戦フォーク集会くらいには行ったことがあるけど、その程度。アジ演説とか聞いてても、何を言ってるのか理解できないし」

「そういうもんだよ」

そう言ってカズヒコは小さくため息をついた。「アジテーションってのは、簡単に理解されなくたっていいものだからね。がなりたてること自体に意味がある」

「そう言われれば、そんな気がする。カズヒコさんも、よくアジ演説したの？」

「それなりにね」

「……そういうことに背中向けて、テニス部のキャプテンになる、っていうことに、抵抗、なかった？」

「別に」と彼は俯《うつむ》いたまま言った。「もし抵抗があったら、別の生き方を選んでたよ」

「そうね。ごめんなさい」

「なんで謝るの？」

「なんか、私、とんちんかんなことばかり言ってるみたいで……」

「全然そんなことないよ。楽しいよ」

その先の角を曲がればサイゼリヤハウス、というあたりまで来た時だった。カズヒコはそれまでと打って変わった明るい口調で、「今日は本当に楽しかった」と言った。

「きみたちと出会えてよかったよ」

きみと、と言われなかったことが少しさびしかった。きみたち、と彼は言った。意識してそう言ったのか、それともただ、さほどの意味もなく口をついて出ただけなのかはわからなかった。

「私も」と私は言った。「ほんとに楽しかった」

「よく飲んだな。きみ、酒に強いんだね」

「すぐ酔っぱらっちゃう時もあるんだけど、今日は大丈夫だったみたい。楽しかったせいだと思う」

「そうだね」

「カズヒコさんは、ヒトミちゃんに会いにアパートに来たことがあるの？」

「一度だけ」

そう言って彼はわずかに吐息をつき、空を振り仰ぐ仕種をした。「死んだ彼女と一緒に遊びに行ったことがある。奮発してケーキ買って行ったのに、ヒトミは例によって食べようとしなくてさ。ケーキに載ってた生クリームを一匙《さじ》、舐めただけだった」

「でも、ハルコが言うにはね、ヒトミちゃんは誰も見てないところではがつがつ食べてるんじゃないか、って」

「僕もそう思ってるよ」

「ほんと？」

「うん。いつだったかな、くちびるの端っこに、ビスケットの滓《かす》をくっつけてた。気づかないふりをしてやったけど。あれは絶対、ビスケットの滓だった。隠れたところで、餓鬼みたいに食ってるんだよ」

こみあげてくる笑いが、私を立ち止まらせた。サイゼリヤハウスが見えてきた。二階のヒトミの部屋の窓には黄色のカーテンが引かれていた。カーテンは薄手だったので、室内の黄色い明かりが映し出され、かすかに中で動く人影が見えた。

「ヒトミちゃん、部屋にいるみたい」と私は言った。「彼女のとこ、寄っていく？」

いや、と彼は言った。「やめとく。どうせ、いやな顔しかされないから」

「カズヒコさん、帰りはどうするの？　もう、電車、なくなっちゃったけど」

「ぶらぶら歩いて帰るから平気だよ」

「歩く、って、どこまで?」

「適当に」

せわしなく頭の中で様々なことを考えていた私が、「あの」と言ったのと、彼が「あのさ」と言ったのは同時だった。

「それなら」と私が言い、彼がまたまた同時に「きみの」と言った。私たちは笑い合った。

彼は腕時計で、時刻を確かめながら言った。「きみの部屋にいさせてもらうことはできる? 始発が出るまで、あと四時間くらいなんだけど」

あまりの嬉《うれ》しさで、思わず虚を衝《つ》かれたような気持ちになった私が、一瞬、黙りこむと、彼は慌《あわ》てたように「迷惑だったら、正直に言っていいんだよ」と言った。「僕のことだったら、全然、大丈夫だから。歩くのは慣れてるから」

「どうぞ」と私は言った。「狭くて汚い部屋だけど、よかったら」

ありがとう、と彼は私ににっこりと笑いかけた。私たちは並んでサイゼリヤハウスに入って行き、私が先に階段を上がって、２０１号室の鍵《かぎ》を開けた。

ふとヒトミの部屋のほうを窺《うかが》ったのだが、物音ひとつしなかった。その晩、アパートの住人は、全員、留守かと思われるほど静かだった。

何かが起こったわけではない。それどころか、何ひとつ、起こらなかった。起こるわけもなかった。カズヒコは終始、紳士的だった。私は何食わぬ顔を装《よそお》ってはいたが、その実、ひどく緊張していた。緊張し過ぎて、心臓がどきどきし、喉《のど》から飛び出してきそうだった。

　実家からもってきて、大切にしまっておいたウィスキーがあったので、出そうとしたが、彼はアルコールはもういい、と言った。小さなガスコンロにやかんをかけて湯をわかし、ティーバッグの紅茶をいれた。彼は砂糖壺《つぼ》の中の白砂糖をスプーンでたっぷり二杯、紅茶にまぜ、ゆっくりとかきまわした。

　トイレを使う時だけ、ヒトミのことを思い出した。二階の共同トイレの隣の部屋から、いきなり彼女が出てきて鉢合わせになったら、その必要など何もないのに、慌てて口ごもり、言わずにいればいいようなことを弁解がましく並べたててしまいそうな気がした。

　トランジスタラジオをつけ、二十四時間放送のFENにチャンネルを合わせた。陽気なカントリー・ウェスタンが流れてきた。

　小さな四角い電気炬燵《ごたつ》の上に天板をのせ、座卓として使っていた。鮮やかな黄色いヒマワリ模様の薄い炬燵布団《ぶとん》は、実家から持ってきたものだったが、しょうゆやソースの染《し》みがあちこちに飛び散っており、みすぼらしかった。

カズヒコは炬燵には入らず、私と向かい合わせになりながら、あぐらをかいて座っていた。

彼のすぐ真横には、スチール製の書棚があり、高校時代から読んできた本を数冊、並べてあった。ここにある本、ほとんど僕も読んだよ、と彼は言った。私たちは煙草を吸いながら、しばし、本の話をしていたが、あまり長続きしなかった。

「眠くなった？」と訊《き》かれ、私は「そうでもない」と答えた。「カズヒコさんは？」

それには答えず、彼はあたりを見回しながら、「それにしても、可愛《かわい》い部屋だね」と言った。

可愛い、と言われたのは少し心外だった。「カーテンが苺《いちご》の模様だから、そう感じるんじゃない？　それ、母が勝手に選んできたの。私の趣味じゃないのよ」

「苺柄は趣味じゃないの？」

「全体が赤いと、目が疲れるもの」

「面白いことを言うね」と言い、彼は声に出して笑った。

「昨日、部屋を掃除したばかりなの。きれいになってた時でよかった。カズヒコさんは、畳の上を箒《ほうき》で掃く時、まず初めにお茶殻をまく、っていう方法、知ってた？」

「いや、知らない」

「母がね、いつもそうやって家の掃除をしてて、そのまねをしてるだけなんだけど。お茶殻って湿ってるでしょ？　それが埃《ほこり》をきれいに吸い取ってくれるのよ。終わったあと、お茶のいい香りも残るし」

なるほど、それ、すごくいいね、とカズヒコは言い、笑みを浮かべて少し背中を丸めた。

「寒い？　炬燵、つけましょうか」

「いや、大丈夫。あのさ、ちょっとだけ横になっていいかな。身体《からだ》、伸ばしたくなった」

「もちろん、どうぞ」

　彼は満足げにうなずき、そっと畳の上に仰《あおむ》向けになった。両手を頭の後ろにあてがい、寛《くつろ》いで四肢をのばし、膝《ひざ》から下を炬燵の中に入れて軽く伸びをした。彼がそうやっていると、狭い部屋は、彼という男の肉体だけで占められているかのようになった。

　炬燵の向こうに、厚い胸板が規則正しく上下している姿が見えた。彼は目を閉じ、深々と息を吸って「寝ちゃいそうだな」とつぶやいた。やがて規則正しい寝息が聞こえてきた。

私は押し入れから毛布を引っ張りだし、起こさぬよう注意しながら、彼の身体にかけてやった。前の日までは見知らぬ他人だった男が、自分の部屋の畳の上に横たわり、眠っている、と思うと、奇妙な感慨に襲われた。

このことをハルコやヒトミに報告すべきかどうか、考えた。

疚《やま》しい気持ちなどあるわけもなく、なりゆき上、部屋にいれただけのことなのだから、正直にそのように話せばいい。そう思う反面、いちいちこんなことを報告したら、誤解されるかもしれない、とも思った。

とりわけハルコだった。別れ際《ぎわ》の彼女の態度から想像すると、カズヒコを部屋に招き入れた私を勘繰ってくる可能性があった。

ハルコのことだから、しつこく真相を聞き出そうとし、私が否定すればするほど「タカコったら、顔が赤くなってる」などと言って、からかってくるに違いない。それはそれで鬱陶《うっとう》しい気がした。

迷ったあげく、こんな些細《ささい》なことをいちいち報告しなくてもいいではないか、という結論に至った。そもそも、今後、再び、カズヒコと会う機会があるのかどうかも、わからない。つまらぬ気遣いをし、言わずにおいてもいいことを口にすべきではない、と考えると、気持ちが片づいたようになった。

緊張がいっぺんにほぐれた。そのせいだろう、私は急激な睡魔に襲われた。電気炬燵を間にはさんだかたちで、私もまた畳の上に横になった。炬燵布団の中に足を入れると、カズヒコの足とぶつかってしまったので、あわてて引っ込めた。

天井の電灯は消さなかった。消すのは、はしたないことのように思えた。

うすく開けた目の向こうに、仰向けになったカズヒコの横顔が見えていた。美しい横顔だ、と思った。

健康的な彼の寝息に耳を傾けながら、そのうち私は、深い眠りの底に沈んでいった。

三、四時間眠っただろうか。窓ごしに射《さ》し込んでくる秋の朝の光が眩《まぶ》しく感じられたのと、少し寝違えたらしい首の痛みとで、ふと目を覚ました。

私の胸元から下には毛布がかけられていた。昨夜、私がカズヒコにかけてやった毛布だった。

彼の姿はなかった。炬燵の天板の上には、レポート用紙を使って書かれた走り書きが残されていた。

「ぐっすり眠ってしまいました。どうもありがとう。気持ちよさそうに寝ているのを起こすのもしのびなく、このまま帰ることにします。

和彦《かずひこ》」

筆跡は少年のそれのように純朴だった。つけっぱなしにしていたラジオのFEN放送では、早口の男のDJが、陽気にしゃべり続けていた。閉じたカーテンの向こうの道を牛乳屋の自転車が通りすぎていく音がした。

炬燵の上には、紅茶の飲み残しが入った二つのカップと、灰皿の中の煙草《たばこ》の吸殻がそのまま残されていた。

なんだかすべてがまぼろしだったような気がした。

私は自分で決めた通り、ヒトミにもハルコにも、あの晩、カズヒコが私の部屋に泊まっていったことを誰にも話さなかった。送ってもらって、サイゼリヤハウスの前で別れた、とだけ報告し、余計なことは何ひとつ言わなかった。

ヒトミは関心がないのか、何も訊いてこなかったが、ハルコは「カズヒコさんはどうやって帰ったの？」と質問してきた。「もう電車、なくなってたはずよね」

さあ、と私は首を傾《かし》げた。「言われてみればそうね。御礼を言っただけだから、わからないけど」

「どうして訊かなかったの？　そんなに酔っぱらってたの？」

　邪気のなさそうな質問だったが、私は警戒の手綱を緩めなかった。「酔ってはいなかったけど、すごく眠たかったのよ。だから、ついつい、そのままに。……訊くべきだった？」

「そうね」と言いながら、ハルコは片方の眉《まゆ》を少し吊《つ》り上げながら、軽くため息をついた。「遠まわりして送ってくれたんだから、これからどうやって帰るのか、ふつうは訊いてみるんじゃないかな」

「……ごめん」

「何も私に謝らなくたって」ハルコは少し不自然にけたたましく笑った。「タクシー、使ったのよ、きっと。タカコのとこから十分も歩けば、大通りに出るでしょ？　そこで空車タクシー、拾って帰ったんじゃない？」

　いくら医者の息子でも、親との関係が悪化していた彼にそれほどの経済的余裕があったとは、とても思えない。金銭的な苦労とは無縁の、ハルコらしい無邪気な想像だったが、私は調子を合わせて「そうかもね」とだけ応《こた》えておいた。

　それからひと月ほどは、何事もなく過ぎた。クリスマスが近づき、学生たちがそれぞれ、年末年始の帰省のための準備を始める季節になった。

二十五日に、大学の映画研究会の仲間たちとの集まりがあるから、今年の帰省はそれが終わってから、早くても二十六日以降になる、と公衆電話を使って実家に電話をかけた。その翌日か翌々日のことだったと思う。

夕方四時に、ハルコと私の部屋で会う約束をしていた。何の用事があったのだったか、今となってははっきりとした記憶は残っていない。会うこと自体を目的にしていただけだったかもしれない。

携帯電話やパソコンはおろか、貧乏学生の住まいには固定電話すらなかった時代のことである。約束ごとはたいてい、会った時に交わすか、もしくは手紙のやりとりをして決める、というのがふつうだった。

急用があった場合は、電車やバスを乗り継いで相手の住まいを直接訪ねる。留守なら紙にメッセージを書いて、ドアの隙間《すきま》にはさんでおく。もしくは郵便受けに入れておく。あるいは、隣近所の住人をつかまえて名を名乗り、伝言を頼む……。

ハルコとは頻繁に会っていたため、わざわざ手紙のやりとりをすることはほとんどなかったし、少なくとも私がハルコの居候先を訪ねて行く、ということはなかった。約束もしていないのに、ハルコが突然、私の部屋にやって来たこともない。

だから、あの時もたぶん、事前に口約束を交わしていたのだと思う。

四時にハルコがやって来るのであれば、それまでに銭湯に行っておこう、と私は思い立った。銭湯に行くのは週に二、三回、と決めていた。髪の汚れが気になった時は、そのつど、アパートの部屋の小さな流しで、水道の水を使い、シャンプーをすませたが、夏場はいいとしても、冬に冷たい真水で頭を洗う気にはなれない。

何もハルコと会う前に、身体をきれいに洗っておきたかったわけではない。先に銭湯をすませておけば、後で慌てて行かずにすむ、と思ったからに過ぎない。

思っていたよりも早く、学校から帰ることができたので、ハルコとの約束の時間までには充分な余裕があった。私はいつものように、石鹸《せっけん》とシャンプー、タオルを用意した。

支度が整い、炬燵の電気を消したことを確認し、部屋を出ようという時だった。ドアにノックの音がした。

もしや、と思って開けてみると、薄茶色のハーフコート姿のハルコが、にこにこしながら立っていた。

「ごめん、早く着きすぎちゃった。あ、出かけるの?」

「銭湯に行くとこだったの。こんなに早く来るとは思わなかったわよ」

「悪い悪い。授業がひとつ、休講になっちゃってさ。どこかで時間つぶそうかとも思ったんだけど、寒いし、なんだかそれもめんどくさくなって。……入っていい？」

「もちろん。中でちょっとだけ待っててよ。先に銭湯、すませてくるから。夜遅くなって行くよりも、今のほうが空《す》いてるし」

「そうしてよ。私は適当にのんびりして、本でも読んで待ってるから、全然平気」

「帰りに例の店でおはぎでも買ってこようか」

「いいわねえ。でも私は今日は、おはぎよりも日辛醤油のかかった串《くし》団子がいいな」

「わかった。そうする」

ハルコは嬉しそうに微笑み、銭湯に行く私を戸口に立って見送ってくれた。行ってらっしゃい、という澄んだ明るい声を背中で受けながら、私は階段を走り降りた。

銭湯にいたのは、着替えの時間もふくめて、二、四十分程度だった。私は人を待たせておくのが苦手な性分なので、少しでも早く戻ろうと思い、湯に浸《つ》かる時間も短めにした覚えがある。

女湯には、当時、美容室によくあった、頭からかぶって髪の毛を乾かすための大型ドライヤーが設置されていた。その時間帯、客はほとんどおらず、待たされずにドライヤーを使うことができた。私は手早く髪の毛を乾かし、急ぎ足で帰途についた。

いなり寿司店に立ち寄り、甘辛醤油をまぶした団子を二本と、少し考えて、かんぴょう巻きを一本、いなり寿司を二個加えてもらった。財布の中は相変わらず乏しかったが、ハルコと共に過ごす年の瀬の夕暮れ、女二人でお茶を入れ、軽食を楽しむのだと思えば、その程度の出費は気にならなかった。

サイゼリヤハウスに戻り、入り口玄関脇《わき》に備えつけられている住人用郵便受けの、201と記されたうすっぺらい、埃だらけの状差しを覗いた。郵便物は何も届いていなかった。

玄関のうすぐらい土間部分には、住人が脱ぎ散らかした靴やらサンダルやら下駄《げた》やらが散乱していた。そのため、ハルコがはいてきた靴がどこにあるのかは、判然としなかった。

階段を上がり、201号室のドアの前に立って、「ハルコ！　ただいま！」と声に出しながらノックした。中は静まり返っていた。

ドアノブに手をかけた時だった。苦い胃液のように、漠とした不安が押し寄せてきた。不吉なジグソーパズルが、一瞬にしてぴたりとすべて、嵌《は》まったような気がした。

室内の電灯は消されていた。ハルコの姿はなかった。窓の外は早くも暮れ始めており、あたりは薄暗かった。ことの次第を知るよりも早く、私の中の本能が、すでにそれを察知していた。心臓がどきどきし始めた。

天井の明かりを灯《とも》すと、電気炬燵の天板の上に、レポート用紙が載っているのが目に飛びこんできた。

「わざと見たのではありません。誤解しないでください。たまたま、目に飛びこんできただけです。タカコの嘘《うそ》がよくわかりました。本当に残念です。帰りを待っていようかとも思ったのですが、やめました。ごめんなさい」

走り書きのように乱れた文字だった。末尾にはハルコの署名がしてあった。その書き置きの横には、二つ折りにされた紙が並べられていた。

この部屋にやって来たカズヒコが、始発電車に乗るために出て行く直前に書き残してくれたメッセージ。捨ててしまう気になれず、机の上の、大学ノートの間にはさんでおいた。たしか、心理学の講義を受ける時に使っていたノートだったと思う。

たまたま、それが心理学のノートだっただけで、深い意味など別にない。講義用のノートの中にメッセージを隠しもちながら、時折、開いて読み返したいと思っていたわけでもない。ただ単に、捨てられないものを一時的に心理学のノートの間にはさんでおいたに過ぎない。

ハルコが、私の心理学のノートなどに興味をもつはずはなかった。まして、ノートを開いて中を確認するなど考えられない。退屈な講義を聴きながら、生あくびをかみ殺してメモしただけのノートである。本人ですら、何を書いたか忘れている。そんなものを盗み見る必要が、いったいどこにあるだろう。

となれば、カズヒコのメッセージが記された紙は、もともとノートからすべり落ちていたとしか考えられない。私自身が気づかぬまま、メッセージそのものがノートから落ち、それが机の上にあったものだから、たまたま、ハルコの目に止まったのだ。たとえ何か、私について探りたいことがあったのだとしても、ハルコは私の留守をねらって、こそこそと家捜しをするような女ではなかった。机の抽斗《ひきだし》を開け、中のものを物色しているハルコの姿など、断じて想像できない。

それにしても、と私は今でも時折、考える。

人生の流れは、山間《やまあい》を流れる細い川に似ている。光を浴びながら、穏やかに流れていたはずの川は、或《あ》る瞬間、急速に様変わりする。それがいつなのか、誰にも予測がつかない。

ふいに水の流れが早くなる。水に向かって手を伸ばしても、永遠に届かなくなったように感じる。水は岩にぶつかり、弾《はじ》け、白い水しぶきを舞いあげる。流れの行き着く先など、何も見えなくなってしまう……。

私がハルコについた嘘は、愚にもつかないものだった。嘘とも呼べない嘘。無意味で馬鹿《ばか》げていて、子供じみていて、人生の何の足しにもならない嘘。若い時分の、微笑ましい出来事でしかないことに対し、私が必要以上に意識し、身構えてしまったせいで、どうしてもつかざるを得なくなった、小さな嘘……。

そんなちっぽけな、いやになるほどつまらない嘘を間にはさんで、私とハルコはその時を境に、急速に疎遠になった。

今、私の目の前には、今年の元日に届いたハルコからの年賀状がある。

例年と変わらず、ハルコ一家の写真が大きくプリントされている。毎年、年末が近くなると、家族一同集まって、晴れ着に身を包み、写真館で特別に記念撮影をするのが習慣になっているらしい。

ハルコは、いかにも幸せそうな大家族の前列中央、紅《あか》いベルベットの椅子《いす》に、ゴッドマザーよろしく座っている。淡い紫の地に梅の花が描かれた美しい着物姿。背筋をぴんと伸ばし、カメラに向かって柔らかく微笑んでいる。

古希を過ぎた年齢には見えない。ほんの少し顔まわりに肉がついたが、昔の面影がたっぷりと残されている。着物の代わりにベルボトムのジーンズとTシャツを着せたら、たぶん、遠目には昔のハルコになる。

隣の椅子に座っているのはハルコの夫だ。婿《むこ》養子に入り、家業を継いでくれたと聞いている。小柄で丸みのある身体つき。父方の親類からの紹介だったと聞いている。目もとが優しく、熊《くま》のぬいぐるみを連想させる。万事において穏やかそうな男で、好感がもてる。

私はハルコの夫には会ったことがない。ハルコは結婚した時、私には知らせてこなかった。知らせようと思ったのに、住所がわからなかったのよ、とずいぶん後になってから言われた。私が彼女に転居先を教えずにいたせいだったかもしれないし、逆かもしれない。今となっては、互いにあいこだ。

夫妻を囲むようにして、息子が一人と娘が二人、その配偶者、そして何人かの孫たちが集まり、笑顔を作っている。総勢、何人だろう。十人？　もっとだろうか。生まれたばかりなのか、まだ小さな、おくるみに包《くる》まれた赤ん坊もいる。孫どころか子供もいない、配偶者すらもたずにきた私には、目がまわりそうな人数であり、同時に、縁のない遠い世界である。

年賀状に、ハルコの文字が書かれていたことはない。ただ送ってくるだけ。今年のそれも同じだ。

　だが、こうやって私は年に一度、ハルコと年賀状の中で会っている。

　ハルコが懐《なつ》かしい。懐かしくてたまらない。たぶん、ほかの誰よりも。


　私を送って来て、私の部屋に泊まっていったカズヒコとは、その後、まったく接点がなくなった。連絡を取ろうと思うのなら、ヒトミに彼の住所を聞けばいい。それはわかっていたのだが、彼がきっかけになって、ハルコと気まずくなったことを思うと、素直な気持ちにはなれなかった。

　大学卒業後、私が就職したのは、都内にある小さな広告代理店だった。社員は六名。社長は60年安保闘争を闘い抜いたという、元活動家で、二度の逮捕歴と一度の離婚歴があった。いつも缶入りのピースを持ち歩いており、煙草を吸わないのは、就寝中だけ、と豪語している男だった。

　話は前後するが、私は彼に気にいられ、よく飲みに誘われた。一度だけ彼と寝たことがある。渋谷の道玄坂の裏、百軒店《ひゃっけんだな》の近くにある連れ込み旅館だった。行為を終えると、彼は仰向けに寝たまま煙草を吸い続け、別れた妻との間にできた娘に会いたい、とつぶやいた。

小窓の外に雨の音がしていた。恋をしていたわけでもなんでもないが、その情景だけは忘れられずにいる。

大学を出た時点で、サイゼリヤハウスからは出て行かねばならない決まりがあった。私は卒業と同時に部屋を引き払い、勤め先の近くにみつけた古い賃貸マンションのワンルームに引っ越した。

引っ越しの前の晩だったか、ヒトミの部屋を訪ねたのだが、留守だった。思い返せば、その十日ほど前から、ヒトミはほとんど部屋にいなかったか、いても居留守を使っていたような気がする。

サイゼリヤハウスの大家から、群馬の私の実家に電話がかかってきたのは、就職して初めて迎えた年の瀬だった。帰省していた私は、実家の茶の間の炬燵で、新聞を読みながら蜜柑《みかん》をむいていたところだった。

電話は茶の間の茶箪笥《ちゃだんす》の上に置かれていた。よっこらしょ、と言いながら炬燵から出て立ち上がり、受話器をとった母は、私に背を向け、ひそひそと何か小声で話していた。やがて受話器ごと強く胸に押しつけたまま、私のほうを振り向いた。

おそるおそる、といった振り向き方だった。大きく見開かれた目が血走っていた。

「どうしたの？　誰？」

「アパートの大家さんなんだけど」母の声は少し震えていた。「……あんたと話したいって」

炬燵から出て、母のそばまで行くと、母は受話器を私に差し出した。なんなの、と私は小声で聞いた。母は黙って首を横に振った。

あのサイゼリヤハウスの大家「風紀おばさん」は、私が電話口に出ると、前置きも挨拶《あいさつ》も何もないまま、話し始めた。その年の秋、郷里の秋田に戻ったヒトミが、実家近くの山に入り、木に縄をかけて縊《くび》れた、と教えられた。

私は喉が塞《ふさ》がるような苦しさを覚えながら、やっとの想《おも》いで訊き返した。「どうして、それを私に……」

「いとこだっていう若い男性が」と大家は言った。言ってから、くしゃみをしたので、わずかな間があいた。「……失礼。その男性がね、突然、うちに訪ねてみえたんですよ。今月の初めころでした。私、話を聞いて仰天しちまって。でね、その人から、このことをタカコさんに知らせてほしい、って頼まれたの。ご実家の連絡先がわかっているのなら、親御さんに伝えれば、タカコさんにも知らせがいくだろう、って。もっと早くお伝えしてもよかったんだけど、年末は帰省なさってるだろうと思ったもんだから。直接お伝えできてよかった」

私が呆然《ほうぜん》としていると、大家はてきぱきとした口調で、私に、カズヒコの東京の連絡先を告げてきた。私と連絡がとれたら、伝えてほしいと頼まれたのだという。

震える手でそれをメモした。短く礼を言って電話を切った。

カズヒコの東京の住まいは、彼が就職した会社の寮だった。何度電話をかけても、うまく繋《つな》がらなかった。年末年始は管理人が不在だったのかもしれない。やっと連絡がついた時には、年が明けてから数日たっていた。

帰京後、少したってから、私たちは渋谷で再会した。私は彼の前で少し泣いた。彼も涙を浮かべた。みんな死んでしまう、とつぶやいた。

私は生きてるよ、と私は言った。

うん、わかってる、ごめん、と彼は謝った。

ヒトミの死の真相はわからなかった。いくら探しても、遺書は見つからなかったのだという。

その後、時間をかけて、カズヒコとは二度ほど、デートとも呼べない、ごく健全な会い方をした。退社後、待ち合わせて食事をしたり。公園を散歩したり。

抑えていた気持ちが急速に膨らんだ。そのせいか、その次に会って飲みに行った時、私はしこたま飲んで酔っぱらった。互いに酔った勢いで、ほとんど同時に、ケモノのような欲望にかられた。私たちはその晩、貪《むさぼ》るようにして肌を合わせた。

私は自分が彼に夢中になっていくのをはっきりと自覚していたが、彼のほうはどうだったのか。今となってはよくわからない。

はっきり言えることがひとつだけある。私たちの間にはいつも、ヒトミがいて、ハルコがいた。さらに言えば、死んだ彼の恋人がいた。

見えないものが煙のようになって間に立ち塞がり、私たちがそれ以上近づき合うことを阻止していた。

そんな気がする。

ヒトミが愛読していたヴァージニア・ウルフは、十代のころから精神を病んでいた。作家と結婚し、家庭をもって、多くの難解な、しかし優れた作品を残したが、最後は自宅近くの川で入水《じゅすい》自殺した。

ウルフの最後の幕引きの仕方がヒトミを惹《ひ》きつけていたのだろうか、と考えたことは何度もある。いつのまにか、ヒトミは自分をウルフと重ね合わせるようになっていったのか。

だが、そうだったとしても、ウルフが死を選んだのは五十九歳の時。ウルフに倣《なら》うのであれば、ヒトミにはもっと長い人生が残されているはずだった。プリンスメロンを食べてもらう、という、あの約束が果たせるくらいまで、生きていてほしかった。

年をとればとるほど、感傷的になる。朝から晩まで、暇さえあれば感傷に浸っていることもある。泣いたり、微笑んだり、記憶を甦《よみがえ》らせて腹をたててみたり。忙しいことこの上ない。

感傷、というのは、膨大な時間の流れを往《ゆ》き来《き》することだ。往きっぱなし、ということはない。生きている以上、今現在に戻って来なければならない。

しかし、もし、往きっぱなしになってしまったら、と時々、考える。どうなるのか。現在に戻れなくなってしまうのではないか、と。

それならそれで、いいんじゃない、と言ってくるハルコの、少し鼻にかかった声が聞こえるような気がする。

「いい加減なこと、言わないで。自分だけ超のつくまともな人生、送っちゃって。何よ、今さら」と私。私はぷりぷりしている。苦労知らずの潤沢な人生でよかったね、と厭味《いやみ》まで言い添える。

ハルコは聞いていない。聞こうともしていない。

夢まぼろしの中、私たちはサイゼリヤハウスの二階の一室にいる。二人で向かい合わせになり、甘辛醤油《しょうゆ》のかかった串団子を食べている。あの日、食べられなかった串団子……。

一階の、中核派の活動家の部屋が騒々しい。プレーヤーでジャズのＬＰレコードをかけながら、マージャンを始めたようだ。

年上のＯＬとつきあっている男子学生の部屋からは、カレーのにおいが漂ってくる。年上の女は、時々、料理を作っていた。今日はカレーを煮込んでいるらしい。

そしてヒトミは……二階の共同トイレの脇の部屋にこもり、相変わらず煙草片手に、静かにヴァージニア・ウルフを読みふけっている。

「あの日にかえりたい」from the single as same title（１９７５年）

DESTINY

桐野夏生

桐野夏生 Natsuo Kirino

1951年金沢市生まれ。1993年『顔に降りかかる雨』で江戸川乱歩賞を受賞。1997年に発表した『ＯＵＴ』は社会現象を巻き起こし、日本推理作家協会賞を受賞。1999年『柔らかな頬』で直木賞、2003年『グロテスク』で泉鏡花文学賞を受賞。以後、柴田錬三郎賞、婦人公論文芸賞、谷崎潤一郎賞、紫式部文学賞、島清恋愛文学賞、読売文学賞を受賞と、主要文学賞を総なめにする。現・日本ペンクラブ会長。

重森亮太《りょうた》はいつも同じバスに乗る。バスの中では、スマホで朝刊を読むことを日課にしている。たまさか月曜の休刊日には、Kindleを開いて読書をする。好きな作家は、村上春樹《むらかみはるき》だ。趣味は何かと聞かれ、「読書」と答えると、必ずや次に「どんな作家が好きか」と聞かれる。「村上春樹」と答えれば、当たり障《さわ》りがないというか、誰でも好きだから角が立たない。本当は、好きな作家はもっと大勢いるのだが、説明するのが面倒だから言わないことにしている。

　亮太が誰かと角が立つような事態になったことは、生まれてから一度もない。争いごとが嫌いなので、常に回避しているからだ。卑近な例だが、母親が苦手な食べ物を作ったとする。肉ジャガとか、カボチャの煮物とかだ。亮太は芋系の料理が嫌いで、特に肉ジャガが苦手なのだが、母親は男というものは母親の作る肉ジャガが好きだ、と思い込んでいるのだ。

母親と良好な関係にある息子なら、「これはあまり好きじゃない」とはっきり言うだろう。無礼な息子ならば、「こんなの食えねえよ。俺、嫌いだって言ったじゃん」と、容赦ないかもしれない。

だが、亮太は、「これって、みんな好きだよね」と一般論にしてしまうので、母親は最低でも月に二、三回は肉ジャガを作る。弁当にも入れてくれるので、亮太は、冷えて白い脂《あぶら》が絡《から》まった豚肉と甘く味付けられたジャガイモを、喉《のど》を詰まらせながら食べる。それでも、こんなどうでもよいことで母親の気を悪くさせて感情がざわつくよりは、この方がずっとマシだと思っている。

亮太は、「感情がざわつくこと」が大嫌いだ。感情がざわつくことは、諍《いさか》いごととは限らない。自分のルーティンが破られるのも、大いにざわついて尾を引く。だから、想定外のことが起きないよう、できる限り気を付けている。規則正しく過ごして、自分のルーティンは絶対に破らない。毎日、判で押したように日課をこなせば、精神は常に安定する。

　朝は六時に起床。洗顔を済ませて、ＮＨＫの朝番組を見ながら、紅茶とトースト二枚（それもバターとジャム）、トマト、ハム、茹《ゆ》で卵の朝食を摂《と》る。朝食の用意をしてくれるのは母親だ。たまに、トマトがミニトマトになったりすることはあるが、その程度の変更はアリである。

そして、自宅から徒歩で六分のところにあるバス停「消防署前」で、七時十分発の「乗立台駅行き」バスを待つ。そのバスが勤め先の「光英学院大学前」停留所に到着するのが、三十分から三十五分後。この五分の差は、その日の道路事情による。それも想定内なので許せる範囲である。

そして、八時少し前には大学に着き、タイムカードを押す。始業は八時四十五分だから、ほぼ一番乗りだが、同じ時間帯に出勤してくる喜久川《きくかわ》という同期の同僚もいる。

喜久川は毎朝、八キロの道のりをランニングで出勤してくるので、その日の天候や体調で少し遅かったり、早かったりするから亮太ほどの正確さはない。が、共に一番乗りを競っているような状態だ。亮太も喜久川も、光英学院大学の職員だ。亮太は総務課で、喜久川は学生課だ。

喜久川は光英学院大学の出身だ。中学から入った生粋の光英プロパーであることをアイデンティティーとしている。その確固たる基盤があるせいか、どちらかと言うとハプニングを愛し、ルーティンからなるべく外れようとするところがある。例えば、今年の避難訓練は全学合同でやるべきではないか、という提案をするとか（例年は中高と大学がそれぞれやる）。亮太からすれば、迷惑な存在だった。

ちなみに、亮太は光英学院大学の出身ではなく、もう少し偏差値の低い別の私大出だ。喜久川のようなＯＢの方が就職しやすいのは事実だが、母親が高等部の国語の教師だったので、その伝《つて》で就職できたのだ。母親はすでに定年退職して、Zoomでフィリピンの女子大生に英語を習うのを、今の生き甲斐《がい》としている。

大学職員という仕事は、最近、希望者が増えているらしい。定時に帰れることと、休みが比較的多いという理由だとか。確かに、亮太が大学職員を希望したのも同じ理由だったから、母親のコネを利用できたのは、この上ない幸運だったと感謝している。

タイムカードを押した後は、ロッカーに荷物や上着などを入れて、廊下の自販機に向かう。自販機で買うのは甘い缶コーヒー。亮太は、この缶コーヒーが好きだ。冬はホット、夏はアイスの缶コーヒーをゆっくり飲みながら、パソコンを立ち上げて、その日の予定を確かめる。

亮太が缶コーヒーを舐《な》めるように飲んでいる時、喜久川は軽蔑《けいべつ》を籠《こ》めた目でちらちらとこちらを見ながら、自家製のスペシャルドリンクを飲む。このドリンクに関しては、ニュージーランド産のストロング・マヌカハニーとやらが入っていると、課長に喋《しゃべ》っていたのを小耳に挟んだことがあった。

昼休みは母親の作った弁当を食べる。弁当のない時は、学内のコンビニで弁当やおにぎりを買う。ごくたまに、課長に付き合って店屋物を取ることもある。課長はカツ丼《どん》好きなので、同じものを頼むのだが、本当は天丼の方が好きだ。しかし、波風を立てないためにも、また注文を受けた店の負担を減らすためにも、課長と同じものを頼むことにしているのだ。

　学食に行ったことも、一度だけある。しかし、仲間うちで騒ぐ男子学生や、華やかに着飾った女子大生に混じって食べるのがマジ苦痛だったので、もう二度と行かないつもりだ。

　しかし、喜久川はいつも学食で食べているらしい。運動部の後輩たちがいるからだそうだ。お洒落《しゃれ》なジャージの上下に身を包み、高いスニーカーを履いた喜久川は女子大生にもてるとも聞いた。

　亮太は顔も地味だが、服装も地味だ。というより、服装も目立たぬルーティンに徹している。夏は白いＴシャツに黒か紺のコットンジャケットを羽織る。あるいは半袖《はんそで》のシャツ。冬はシャツに黒か紺のクルーネックセーター。春や秋にはパーカーやトレーナー、という格好だ。それに、黒のリュックとスニーカーは定番である。

　勤務は八時四十五分から十七時十五分まで。亮太は十七時三十二分発の「大杉停車場行き」のバスに乗り、自宅に帰る。家に着いたら、まず風呂《ふろ》に入り、母親の手料理を食べる。この際、サッポロの三百五十cc缶を一本だけ飲むことにしている。それ以上飲みたい時もあるが、ルーティンを外したくないので我慢する。ルーティンは外せば外すほど、後悔の念が湧《わ》いて、ざわざわと気持ちが落ち着かなくなるからだ。その後はテレビを見たり、ネットを見たりして時間を潰《つぶ》す。場合によっては、洗濯機を回すこともある。母親に何もかもしてもらうのは、気が引けるからだ。そして、十時半にはベッドに入る。三十分間だけ本を開いて、眠くなるのを待つ。亮太の毎日は、この繰り返しである。

　休日は何もすることがないので、さすがに退屈だ。読書以外の趣味を何か見つけなければならない、と考えてもいるが、そのことがまた焦《あせ》りとなって心の重荷になってもいけないので、あまり考えないようにしている。とはいえ、味気ないなんて、思ったこともない。これが自分という人間の生き方なのだ。

　しかし、最近、母親が亮太の将来を心配し始めたのが、逆に心配の種だった。つまり、休日もほとんど家にいて、女っ気のない亮太の将来が気になるのだろう。亮太は女が嫌いなわけではないが、何しろ感情がざわつくのが嫌だから、色恋からは縁遠かった。いや、縁遠いというよりも避けていた。そんなわけで、彼女ができるはずもなく、三十歳になんなんとしているのだった。が、特に不満も不安もなかった。

　その日ももちろん、同じバスに乗った。九月のよく晴れた気持ちのよい日だった。光英学院に勤めるようになってから、亮太がこのバスを逃したことは一度もない。ところが、その日は珍しく座席が埋まっていた。大杉停車場発のバスはいつも空《す》いていて必ず空席はあったはずなのに、その日に限って、婆《ばあ》さんたちの集団が座席を占拠していた。婆さんたちは、前の婆さんの肩を勢いよく叩《たた》いたり、後ろに体を捻《ひね》ったり、通路を隔てて座っている仲間の名を呼んだりして、あちこちの方向を向いては元気にくっちゃべっていた。どうやら、皆でどこかに出かけるところらしく、誰もが楽しそうだった。婆さんたちは乗立台駅まで乗って行くらしく、途中の停留所で降りる亮太は、三十分以上も立ちっ放しになるのは必至だった。

　想定外の出来事に、亮太は自分はいったい何をすべきか、と少しパニックになりかけた。吊革《つりかわ》に摑《つか》まり、スマホを手にする。しかし、揺れるバスの中で画面をタップするのは至難の技だ。やむを得ず、スマホをポケットに仕舞う。

　どうせ、もうじき降りるのだから、とぼんやり外を眺めた。そろそろ光英学院が見えてくる。中高と大学の校舎、及び三つのグランドや野球場、サッカー場、テニスコートなどがあるから、広大な敷地である。

最初に見えてくるのは、高校のテニスコートだ。クレーコートで二面ある。朝練中らしく、紺色のジャージ姿の男女生徒が走り回っているのが見えた。バスが停まる。「光英学院高校前」という停留所だ。亮太は次の「光英学院大学前」で降りる。

テニスコートの端っこで球拾いをしていた女子高生が、飛び出たボールを拾いに金網のフェンスをよじ登っていた。慣れているのか、猿のようにすばしこいので、つい目を奪われた。

女子高生はフェンスに手を掛けたまま、停まったバスの中にいる亮太の方に視線を向けた。目が合う。女子高生が照れ臭そうに亮太を見て笑ったので、亮太は驚いて顔を背けた。他人の視線に耐えられなかった。まして女子。さらに言えば、強い視線を持つ女子には。

おずおずと視線を戻すと、件《くだん》の女子高生がひらりとフェンスを乗り越えて、飛び降りたところだった。と、同時にバスが出る。女子高生はうまく着地して、素早くボールを拾った。その一連の動作は、ものすごくカッコよかった。

亮太は、女子高生が二メートル半はあるフェンスを軽々と飛び越えた様に驚嘆して、走る車内からその後ろ姿を目で追った。髪を後ろでひとつに束ねている。細身なのに、その姿は活力に満ちていた。すげえカッコいいなあ、と亮太は思った。だが、そのざわつく心を余計な重荷に感じて、溜息《ためいき》を吐《つ》いたのだった。

次の停留所「光英学院大学前」で降りた亮太は、正門を抜けて校舎へと向かうアスファルトの坂道を上った。停留所から広い構内を歩いて五分。ほぼ八時少し前に、勤務先に到着する。いつも通りだった。

しかし、心の中は乱れていた。女子高生がひらりとフェンスを越えた時の残像が、目に残っている。しかも、その残像は繰り返し繰り返し現れて、尽きなかった。三十歳になろうとしているのに、あんな女の子が気になるなんて、おかしくないか。

いいなあという肯定感を、自分の何かが必死に否定していた。そのせめぎ合いに疲れるのはわかっていた。もっと若い時は、その感情を抑えるのに苦労したのだ。日がな一日、亮太は極力、女子高生のことなど考えないようにした。

その日は、教授会があった。配布資料の作成及び、出欠の確認、議事録作成などはすべて亮太の仕事である。亮太は、毎年繰り返される決まりごとを、そのままなぞるのが得意だった。だから、苦もない仕事だったはずが、初歩的なミスをしてしまった。

その日の教授会はイレギュラーで、准《じゅん》教授や助教たちも出席する予定だったのに、亮太が案内を出すのを忘れたのである。亮太は慎重なので、まず手紙を出してからメールで出欠を確かめるのに、どうしてか失念、いや勘違いをしていた。

会議が始まる直前に、慌《あわ》てた事務局長から注意を受けて、亮太は真っ青になった。こんな失敗は初めてだった。取り返しがつかないので、准教授や助教の出席する教授会は、延期になった。亮太は学長から学部長、各教授に謝って回る羽目になった。

傷心の帰り道、バスから見える日暮れのテニスコートには、当然、誰の姿もなかった。テニスをするには暗過ぎるもんな、胸の中でそんなことを呟《つぶや》く。亮太の心はどうしても、彼女がいないことが寂しい、と素直に言えないのだった。

夕食時、何となく元気のない亮太を気遣って、母親は心配そうだった。

「今日、何かあったの？」

とうとう聞かれたので、その日の失敗を話すと、母親は嘆息していつもの話を持ち出した。亮太の父親は失敗を怖《おそ》れ、人の言ったことをとても気にする人だった、というお定まりの話だ。父親は、いつまでもくよくよしたり、気に病んだりして、とても陰気だったという。

「それが耐えられなかったから別れたの。だから、あんたもあまり気にしなさんな」

母はいつも通り、自分を正当化した。亮太が五歳の時に、二人は離婚したのだ。

「あんたはちょっとお父さんに似てるのかもね」

何かあるたびに母親にそう言われ続けて、亮太は不安に思いながら成長してきたが、父親は離婚した後、別の女性と再婚し、今は三人の子持ちだという。幸せに暮らしているのだから、亮太はむしろ自分は母親似なのではないかと、新たな不安を持っていた。そう、常に不安の中にいるからこそ、安定のルーティンを好むのだ。

「俺、お母さん似じゃない？」

思い切って言うと、母親ははっとした顔で黙ってしまった。

珍しく核心を衝《つ》いてしまった亮太は、母親を傷付けたのではないかと気に病んだ。その日は、感情がざわざわしまくった日だった。

夜、ベッドの中で、ある作家のエッセイを読んだ。そこには、山田風太郎が十歳も年下の女学生を見初めて、「運命の人だ」と思い、後に結婚したと書いてあった。

これだ、と亮太はベッドの上で勢いよく起き上がった。あの女子高生は、自分の「運命の人」なのではないか。だから、こんなに気になるのだ。枕《まくら》に頭を付けると、またあのひらりと身軽にフェンスを越えた姿が何度も浮かんだ。

「運命の人」ということは、この長い人生における最大の決まりごと、つまりルーティンではないか、と思った。だったら、堂々と彼女を好きになればいいんだ、と亮太は思い、安心して眠りに就いたのだった。

翌朝、亮太はバスの席を、テニスコートの見える側に陣取った。「運命の人」が、今日も朝練をしているのではないかと思うと気もそぞろで、バスが近付くにつれて平静ではいられなくなった。スマホで新聞なんか読んでいられない。感情がざわつくどころか、大波のように揺れている。どうしてこんなになってしまったのか、と自分でも不思議だった。

やがて、待ちに待ったテニスコートが見えてきた。件の女子高生がいた。今日は少し気温が高いせいか、白いショートパンツに、スクールカラーの紺のTシャツという姿だった。

ぴょんぴょんと身軽に跳びはねた後、ラケットを構える。ボールを追って、陽に灼《や》けた長い脚が素早く左右に動いた。背中で一本にした髪が動きと逆に揺れる。

ああ、何かいいなあ、カッコいいんだよなあ。亮太がしみじみと思った時、何かを感じたのか、女子高生がバスの方を見た。また目が合った。亮太は恥ずかしくて、一人赤面したが、恥ずかしさを上回る大きな喜びが確実に身内に湧き上がってきた。

数週間かけて観察したところ、月火木金の、週に四日がテニス部の朝練日だということがわかった。だから、水曜は元のルーティンな自分に戻れる、と思ったのも束《つか》の間《ま》、姿が見られないと思うと、辛《つら》くて仕方がない。

とうとう亮太は、水曜だけは一本早いバスに乗って「光英学院高校前」の停留所で降り、テニスコートの側を歩くことにした。誰もいないテニスコートのフェンスの網に指を絡め、彼女が球を打ち返す幻の音を聞く。そして、職場の大学まで十五分かけて歩くのだ。

自分は完全に、あの女子高生に恋をしている。そう思ったのは、三島由紀夫《ゆきお》の『志賀寺上人《しょうにん》の恋』を読んだ時だ。志賀寺上人は、高徳の僧として有名だが、ある日、美しい御息所《みやすどころ》と目が合うなり、恋に落ちるのである。一度でいいから御息所に遭いたい、と来世しか願わなかった高僧が、今生の美女に恋い焦《こ》がれる。この不条理はどうしたらいいのか。

亮太は、悟りを開いた高僧ではなかったが、不条理な恋という意味では同じだと思った。自分は、ざわつく感情を棄《す》てようと努力して生きてきたのに、ここにきて、「運命の人」と出会ってしまったのだ。

苦しんだ挙げ句、亮太は遂《つい》に決心をした。もっと早いバスに乗って、「光英学院高校前」の停留所で降り、あの女子高生に手紙を渡すのだ。断られたら、それでおしまい。しかし、これは「運命」なのだから、おしまいのはずはなかった。いずれ、彼女は自分の妻になるはずだ。山田風太郎の例に倣《なら》えば。

天気予報を見ると、金曜は晴れで、朝の気温は十八度とある。絶好の告白日和《びより》ではないだろうか。多分、彼女も気持ちよくテニスの練習ができる日のはずだ。

「運命」を確かめる日を金曜と決めた亮太は、乗立台駅まで行って、駅そばのショッピングモールでレターセットを買った。誕生日カードを選ぶ小学生の女の子に混じって、レターセットを買うのは恥ずかしかったが、亮太は高いイタリア製のセットを買った。

そして夜、手紙を認《したた》めた。文面はシンプルである。「あなたをバスから見かけて、ひと目で惹《ひ》かれました。私は運命を感じております。よろしければ、今度会って頂けませんか。」

いきなりＬＩＮＥのＩＤを書くのは図々《ずうずう》しいような気がしたので、メアドと携帯電話の番号、住所氏名などをかちかちした楷書《かいしょ》で書いた。

当日の朝、亮太は朝食を食べるのも気もそぞろだった。心はまるで志賀寺上人そのものである。ひと目近くで彼女の顔を見たい。あの陽に灼けた手を握りたい。志賀寺上人は御息所の白い手を握った数日ののちに、入寂したというが、自分も死んでもいい。ルーティンなんか、くそ食らえだ。

緊張に満ちた表情で、いつもより早めに家を出る息子に、母親は何か言いたそうだったが、亮太はその視線を振り切るようにして家を出た。

バスがテニスコートに近付く。亮太は、停止を求めるバスのブザーを押した。テニスコートには、すでに高校生の部員たちが来てネットを張っていた。彼女がいる。紺のジャージの上下を着て、ボールの入った籠《かご》を抱えている。亮太の胸は高鳴った。もつれる足で、「光英学院高校前」でバスを降りる。

手紙はすでにバスの中で、リュックサックから取り出してジャケットの胸ポケットに入れてある。後はフェンス越しに声をかけて、そっと渡すだけだ。亮太はテニスコートに向かって歩きだした。

「重森さん、どうしたの。早いね」

背後から元気な声がかかったので、驚いて振り向くと喜久川が立っていた。お洒落なジャージに、お洒落な紺のハーフパンツ。高価なスニーカー。キャップを被《かぶ》って背にはリュックという、いつものランニングスタイル。いや、通勤スタイルである。

喜久川はこんなところを走るのか、と驚いていると、喜久川が件の女子高生に手を振った。彼女も喜久川に気付いて、嬉《うれ》しそうに手を振り返す。白い歯が眩《まぶ》しい。

「あいつ、後輩なんだよ。俺、テニス部だったから」

唖然《あぜん》とした。喜久川がフェンスに近付くと、彼女も駆け寄ってきて、二人は親しげに話し始める。フェンスの網越しに指が絡んだのを見た女子たちがからかった。わー、ラブラブ。ひゃー、いい感じ。

ラブラブじゃ、敵《かな》わないな。どうしようか。いや、やることは決まっている。

亮太は、いつものバスが来るのを待つために停留所に戻った。落胆したけど、少しほっとしていた。

「DESTINY」from the album『悲しいほどお天気』（１９７９年）

夕涼み

江國香織

江國香織 Kaori Ekuni

1964年東京生まれ。1987年「草之丞の話」で「小さな童話」大賞、1989年「409ラドクリフ」でフェミナ賞を受賞。以後、坪田譲治文学賞、紫式部文学賞、路傍の石文学賞、山本周五郎賞の受賞を経て、2004年には『号泣する準備はできていた』で直木賞を受賞。さらに島清恋愛文学賞、中央公論文芸賞、川端康成文学賞、谷崎潤一郎賞を受賞。近作に『去年の雪』『ひとりでカラカサさしてゆく』など。

でがけに、何を着ようかと花は心愉《たの》しく迷い、けれどそんな自分がふいに恥かしくなって、結局、セーターにジーンズ、ショートブーツとコートという、普段とほとんど変らない恰好《かっこう》を選んだ（なぜほとんどかと言えば、普段の花はゴムの長靴一辺倒だからだ）。

駅までは、夫の恭二が車で送ってくれた。

「しおさいとは違うから、千葉で乗り換えるんだよ」

恭二はやさしい男で、そんなふうに教えてもくれる。無論、花だってわかっている（結婚して十年、いまの場所に暮して八年にもなるのだから）ことではあるにしても。

「ふーちゃんに、俺からもおめでとうって伝えて」

「了解」

花はこたえ、夫の首に腕をまわして、頬と頬を軽くぶつける挨拶《あいさつ》をしてから車を降りた。

これから一晩家をあけるのだと思うと落着かなかった。早くも子供たちが恋しいような気もした。が、夫の車を見送り、それが視界から完全に消えると、いきなり足元から爆発的な解放感が湧《わ》きあがった。花はほとんど圧倒される。すくなくともこれから一晩のあいだ、私は私の都合だけを考えて行動すればいいのだ。その心持ちの変化と身軽さは自分でもそらおそろしくなるほどで、じっとしていられず、花はぶるんと身をふるわせる。泥遊びをしたあとの豚たちのように。

東京駅につくと、わかってはいても人の多さに一瞬たじろぐ。が、花には都会っ子としての矜持《きょうじ》がある。東京で生れ育ち、恭二と結婚するまでは、仕事も恋もこの街でしてきたのだ。足を速めてホームを歩き、階段を降りたり昇ったりしてきぱきと乗り継ぎをした。妹との約束の店は新宿にある。

すでにいっしょに暮していた男性との結婚が決り、双方の両親への挨拶もすませた、と電話で妹から聞いたとき、花は世界が突然色を変えたような気持ちになった。理由は自分でもよくわからない。六歳離れた妹の双葉《ふたば》は今年三十六になったはずで、結婚するのに早すぎる年齢というわけではないのだし、相手の男性——大石拓馬《たくま》という名で、妹は彼をたっくんと呼ぶ――には花も何度か会ったことがあり、感じのいい人だと思っている。だから世界が色を変えたような気持ちというのは単なる淋《さび》しさかもしれず、だとすれば、それは花が一人で抱えればいいだけのことだ。もっと他に何かある、というもやもやした感情が兆《きざ》したが、それはあまりにも曖昧模糊《あいまいもこ》としていて底だけが深く、花のなかでも言葉になってくれなかった。

「お祝いしてくれるでしょ？」

電話口で妹は言い、花は、

「もちろん」

とこたえた。他に、どうこたえようがあっただろう。

いつもなら、妹と会うのは花の自宅だ。養豚業を営んでいるので花の生活は豚と共にあり、加えて子供が三人いる花は家を離れられないからで、けれど今回、双葉はめずらしく東京で会いたいと言った。恭二さんもたっくんもいないところで、昔みたいに二人だけで、と。

冬の夕暮れは早く、風がつめたい。新宿の街も人が多かったが、花はもう怯《ひる》まなかった。むしろ雑踏がなつかしく嬉《うれ》しい。排気ガス混じりの空気の匂《にお》いも、路地の汚れ具合も、ネオンやら赤ちょうちんやら、そこここに滲《にじ》む灯りも。

目的の店は、雑居ビルの地下にある。老舗《しにせ》の串《くし》揚げ屋で、花も双葉も、子供のころから両親に連れられて来ていた。急な階段も、重厚な（そして思いきり黒ずんだ）木製扉も変っていない。入るとすぐに、古めかしい勘定台があるところも。

「まあ花ちゃんおひさしぶり」

会計専門のおかみさんの、あかるい声に迎えられた。全然変らないのねとか、お子さんがいるなんて嘘《うそ》みたいとか、返事に困る言葉をひとしきり浴びる。

「ふーちゃん、お待ちかねよ」

脱いだコートを受け取ってくれながら、おかみさんは言った。

広い店だが、二つある大きなカウンターの片方、その端の席に、双葉が坐《すわ》っているのが見えた。照明の暗い店なのに、本を読んでいるようだ。花が近づくと、読んでいた本から顔をあげ、

「花ちゃん！」

と、うれしそうな声をだす。

「やあやあ、ふーちゃん、元気でしたか？」

花もうれしい声でこたえて、隣の椅子《いす》に腰をおろした。

子供のころ、花と双葉は、その年の差にもかかわらず双子《ふたご》みたいに仲がいい、と、

よく両親にからかわれた。おなじ部屋で眠り、おなじ（あるいは色違いの）服を着た。おなじ音楽を（いっしょに）聴き、おなじ本を（順番に）読んだ。風呂《ふろ》に入るのもいっしょなら、水疱瘡《みずぼうそう》にかかるのもいっしょだった。大人になるにつれ、さすがに揃《そろ》いの服は着なくなったし風呂も別々に入るようになったが、親密さは変らず、すくなくとも花は、双葉と離れて暮すことなどできないと思っていた。

「キッズは元気？」

尋ねられ、花は元気だとこたえる。すぐにもスマートフォンをとりだして、最近の写真を見せたい衝動に駆られたが、なんとか思いとどまった。きょうは妹のお祝いをするためにここにいるのだ。

「決めたのね、結婚」

それでそう言うと、双葉は神妙な面持ちでうなずいた。黒いタートルネックセーターに同色のスラックス、フラットシューズというサブリナ的装《よそお》いの双葉は、手指の爪《つめ》を八本分緑色に、残る二本分は黄色に塗っている。三十も半ばを過ぎた女に小さいもあどけないもないものであるにしても、花の目に、妹はいまでも小さく、あどけなく見える。生真面目《きまじめ》にも一途《いちず》にも、かわいらしくも見えてしまう。実際、花にとって双葉はその全部なのだ。そういう妹の性質が、結婚によって損なわれるかもしれないと思うと気が塞《ふさ》いだ。

ビールが運ばれ、グラスを合せる。

「恭二が、俺からもおめでとうって伝えてくれって」

「ありがと」

双葉は照れくさそうにこたえた。

「きょうは何本たべられるかな？」

小さなグラスを一気に空にしたあとで、双葉が言った。二人は一時期、この店でたべた串の数を競っていたことがあり、花は十七本、双葉は十六本という記録を持つ。が、どちらも二十代のころの記録だ。

「どうだろう、最近昔みたいにたべなくなったからなあ」

花は考えたままを口にだし、

「でも、十本はいけるかな」

と言ってみた。

「えーっ、十本？　嘘でしょ、花ちゃん。だめだめ、記録更新めざさなきゃ」

決して気が強いわけではないのに、ときどき無闇《むやみ》に強気な発言をする双葉が言い、

花は即座に、

「わかった。めざす」

と応じる。妹の無闇に強気な発言は、いわば花にだけ投げられるボールなのだ。たとえ暴投でも取ってみせると、花は昔から決めている。

ビールをのみ、ちょうどいいタイミングで供される串揚げをすこしずつ口に運びながら、双葉の結婚について話した。どうしていま決めたのかとか、どちらが言いだしたのかとか、彼の両親はどんな人たちだったかとか、花が訊《き》き、双葉がこたえる。

「なるほど」とか「そうねえ」とか「うん、わかる」とか、相槌《あいづち》を打ちながら花は内心、どんどんわからなくなる、と思っていた。双葉が、というより人が、なぜ結婚するのかいまの私には全然わからない、と。でも、じゃあ、と花は考えざるを得ない。でも、じゃあ、私はなぜ結婚したのだっただろうか。

学生時代に出会ったとき、花が恭二に興味を持ったのは、彼の視野の広さと正義感、それに、時流に合わない熱さというか、情熱のせいだった。実際、花の友人たちは恭二について、「学生運動の時代に生まれればよかったのに」とか、「いやいや、幕末がいいんじゃない？」とか評してめずらしがっていた。当時、彼はたとえばインドネシアによる東ティモールの占領に胸を痛めていた。それについて何時間でも語れたし、パレスチナ問題や、ナイロビで起きたアメリカ大使館のテロ事件についても、はっきりした意見を持っていた。基本的にアメリカとイギリスを嫌っていた（が、どうしてなのかは、「歴史に鑑《かんが》みて」と言われたことしか花は憶《おぼ》えていない）。もっと身近なこと、たとえば小売店を苦しめる大型店の価格破壊に憤《いきどお》っていたし、食肉用の鶏の飼育方法にも、一部の女子大生の化粧や服装にも疑問を持っていた。酒好きなのにコンパや合同コンパを軽蔑《けいべつ》していたし、ペットショップで動物たちが安易に売買されることに腹を立てていた。一方で、愛してやまないものもあり、それは他に誰もいない場所（恭二は、当時からかなり本格的なキャンパーだった）や、数はすくないけれど暗記するほど読んだという何冊かの本や、花にはすこし意外だったがクラシック音楽といったものたちで、それらについて、彼は静かに（けれどやはり情熱を込めて）語った。

　彼が連れて行ってくれた〝他に誰もいない場所〟は、花にはまさに桃源境のように思えた。日本にそんな場所があるとは想像もしていなかったたくさんの場所で、花はのめるほどきれいな川の水に足をひたしたり、目の前にいるはずの恭二さえ見えない濃い霧のなかで、その不思議な白さとつめたさを味わったりし、てっぺんが見えないほど丈高い杉に囲まれたり、とても視界に収まりきれない、たくさんの星を眺めたりした。そこがどこであれ、恭二がいれば安心していられた。

「なんでにやにやしてるの？」

双葉に言われ、花は現実にひき戻される。

「なんでもない。ちょっと昔のことを思いだしたの」

目の前に串が二本たまっていた。

「ふーん。恭二さんのこと？」

裸の串を小さく振りながら双葉が訊き、

「まあね」

と花はこたえる。たまねぎ串を手にとってソースにつけた。ここのソースにはカレー粉とセロリ粉がブレンドされている。

「花ちゃんたち結婚して何年？　ほんとにべたべただね」

「まあね」

再びそうこたえた。事実だと思うからだ。花はビールのおかわりを頼んだ。たまねぎ串に続いてアスパラ串（根元に銀紙が巻いてあり、からしマヨネーズがほっそりとかかっている）を口に運ぶ。

学生時代の恋は三年で終った。花がべつな男性を好きになったからだ。それから七年、恭二とは会わなかった（大学を卒業するまでの一年は、学校でときどき見かけたけれども）。突然電話がかかってきて、やっぱり花でなくてはだめだ、と単刀直入に言われたとき、あまりにも恭二らしいその単刀直入さをなつかしいと花は思い、そう思ったときにはたぶんもう心を攫《さら》われていたのだ。唐突すぎる申し出を、無論その場では拒んだにしても。

　電話やメイルのやりとりがあり、再会があった。七年の時をへても、見事なまでに恭二は恭二のままで、自分ではそうは思っていなかったけれど、おそらく花も花のまだったのだろう。旧友としての交際のつもりが、あっというまにべつのものになった。嵐《あらし》のようななつかしさのなかで、はじめはおずおずと、やがてたがが外れたような熱烈さと勢いで、互いに相手をもう一度知ろうとした。花にとって、それはなつかしいと同時にまったく新しい経験でもあった。

　恭二は農協に勤めていたが、そのころには、両親の経営する養豚場をいずれ自分が継ぐと決めていた。かなり勉強もしていて、アレンテージョ豚の飼育法に興味があるのだと言っていた。それは基本的にイベリコ豚と同種の豚で、けれどより肉質がしまっていて滋味深い味がするのだと言った。ともかく健康的な豚なのだ、とも。花は、彼のめざす「できるだけ野生に近い形の養豚」の話に夢中になった。おなじころに彼が語ったコソボとセルビアのでてくる話や、ジンバブエの大統領選の話[illegible]興味深く、ずっと現実的でおもしろく思えた。彼の実家に遊びに行っ[illegible]ちが、想像以上にかわいかったせいもあり、いつのまにか、新しい（豚か[illegible]いい）養豚場が、花の望むものにもなっていた。

アレンテージョ豚の飼育を学びにポルトガルに行くと決めた恭二に、妻としていっしょに来てほしいと言われたとき、だから花に否《いな》はなかった。それまで勤めていた音楽事務所を辞めて恭二と結婚し、ポルトガルに行った。

「でもよかったよ、花ちゃんが恭二さんといまだにべたべたで」

双葉が言う。

「花ちゃんが結婚したとき、パパとママなんて賭《か》けてたんだよ、どのくらいもつかって」

「知ってる。ママに聞いた」

母親は一年、父親は半年と予想したらしい。

「恭二さんとけんかとかしないの？」

「しない」

それはほとんど事実だった。互いに文句がないわけではないし、それを言葉にすることあるが、けんかと呼べるほどのものには発展しない。ただ一つの事柄を除いて――。それは避妊で、それに関してだけ、花と恭二は何度も激しく言い争った。花には子供が三人いる。それとは別に三度の流産も経験していて、いまふり返ると、十年という結婚生活のあいだ、ほとんど妊娠していたような気さえする。恭二という男は、夜もまっすぐ情熱的なのだ。でも、花には心身ともに限界だった。たび重なる口論の果てに、避妊してくれなければ別れるとまで言ったのだが、そんなことを妹に話すつもりはなかった。別れるとまで言った結果、恭二がいきなり精管切断手術を受けてきてしまったことや、そのときに自分が感じた凍りつくような恐怖のことも――。

「いいなあ。恭二さん、浮気は絶対しそうもないもんね。花ちゃんしか見えないって感じで」

双葉が言う。

「たっくんが浮気したらどうしよう。彼はちょっと八方美人なところがあるし、誰にでも親切にしちゃうし」

「心配なの？」

「ていうか、恐怖。だって、前にも一度あったからね」

その話は花も母親から聞いていた。双葉と暮しているにもかたびたび食事に行ったり映画を観《み》たりしていたそうで、怒った双葉が実家に帰り、結構な騒ぎになったらしい。が、結局、彼が謝りに謝って、元のさやに収まった。

「ああいうのはもう二度と嫌。ほんとうに腹が立つし、いつまた起るかもしれないと思うと恐怖」

　逆だと花は思った。私が感じた恐怖と逆だ。

「花のためにパイプカットしてきた」

　恭二が笑顔でそう言ったとき、花はにわかには信じられなかった。

「これで安心してできるでしょ？」

　恭二の声に屈託はなく、花が喜ぶ（あるいは、すくなくとも感謝する）と信じて疑っていない様子だった。確かに花はもう妊娠したくなかったし、避妊してほしいと訴えてもいた。でも、そんな手術を受けてほしかったわけでは断じてない。

　あのとき、花は自分が罠《わな》にはまったような気がした。捕われの身になり、もう逃げられないのだと思った。この人は、この先私と別れるかもしれないとか、べつな人と出会い、その人が子供をほしがるかもしれないとか、一切考えていないのだ。この人にとって、未来は私と共にしかなく、手術をすることによって、本人が意図していたかどうかはともかく、有無を言わさず私にそれを知らしめたのだ。花にはそうとしか思えなかった。逃げたかったわけではない。が、逃げられないと思わされることは恐怖だった。竦《すく》むような、恐怖だった。

それを妹に説明するのは難しすぎたし、そもそも、これから結婚しようとしている人に伝えるべきことなのかどうかわからなかったので、

「うらやましいわ」

とだけ花は言った。

「浮気されるのが恐怖って、なんだか初々《ういうい》しくて健全な感じ。うらやましいわ」

と。双葉の返事は、

「げ」

という一音節だったけれども。

「ねえ」

花は言った。

「ふーちゃんは、夕涼みって言ったら何を思いだす？」

そう尋ねたのは、ポルトガルの老女たちを思いだしたからだ。彼女たちの沈黙と、それを理解できなかったあのころの自分を。

花と恭二は二年間そこで暮した。アレンテージョ豚の育つ、ポルトガルの中南部の農場で。美しい土地だった。あんなに空の青い土地を、花は他に知らない。夏の暑さは尋常ではなく、どこにも日陰というもののない道で、オリーブの木々だけが、葉裏を見せて白っぽく日にあぶられていた。地元の人たちははじめのうちこそ怪訝《けげん》そうな表情でよそよそしかったが、豚（それも、高い値のつくスペイン産のイベリコ豚ではなく、地元産の豚）に興味を持って、わざわざ日本からやってきた若夫婦二人を、半年もするとおおらかに受け容《い》れてくれた。

広大な農場は、驚きと発見に満ちていた。豚たちは囲いのなかで放し飼いにされていたが、子豚専用の部屋にはヒーターが完備されていた。飼育員以上に、とまでは言えないかもしれないが、すくなくとも飼育員とおなじくらい大切なのがジャルディネイロと呼ばれる植木の専門家たちで、豚たちが質のいいドングリやりんごや草を自由にたべられるように、敷地内の植物体系を常に管理していた。

思い出はたくさんある。農場で働く人が毎日全員揃って囲む昼食や、敷地内で迷子になった豚の大捜索や。豚たちの出荷や出産や、当番制だった観光客（彼らは豚とふれあいに来るのだ）の相手や。秋には枯葉と土が豊かな匂いを放ったし、春には水道の水が、ある日ふいにぬるんだ。

質素な借家での恭二との新婚生活はたのしかったし、花にはアマリアというおない年の友達もできた。エヴォラの街で小さな焼き菓子屋を営んでいたアマリアには、エレナという妹がいた。農場から休みがもらえると、花はよくこの姉妹の家に遊びに行った。あの日々――。ポルトガルに行ったとき、花は三十二歳だった。結婚したばかりで、子供たちはまだこの世のどこにもいなくて、花の望みは恭二といっしょに日本に、「できるだけ野生に近い形の」養豚場をつくることだった。

「夕涼み？」

双葉が訊き返す。

「昔、夏におばあちゃんちで夕ごはんのあとによくしたみたいなやつ？　縁側に坐って、花火をしたりスイカたべたり、ただ喋《しゃべ》ったり？　あれ、大人はみんな何をしてたんだろうね。子供の相手かな」

そう言われて、花も考えてしまう。

「そういう感じでもなかったような」

夕ごはんのあと、まだあかるい庭先に、むしろ大人たちの方が率先してでていた。花火をしなくても、スイカをたべなくても。あれはどういう習慣だったのだろう。夏のあかるさを惜しむための、昔の人のやり方とか？

「ふーちゃん、小さかったのによく憶えてるのね」

花は言った。祖父母はとうに他界し、縁側のあった静岡の家も、人手に渡って久しい。

「あとは、沖縄かな」

双葉が言う。

「たっくんと、夏によく沖縄に行くんだけど、海辺のリゾート地って街から離れてるし、夜はすることがないでしょ。だから歩くの」

「砂浜を？」

「うん」

妹と男が手をつないで海辺を歩く光景を想像し、花は幸福な気持ちになる。

「でも、歩くのは夕涼みって言わないのかな、散歩かな」

「言うと思うわ、歩くのも夕涼みって」

花は請け合った。

「ポルトガルにいたときにね」

そして話し始める。

「おもしろい光景を見たの。それはおばあさんたちでね——」

　花と恭二がはじめてその光景を見たのは、農場から車で三十分ほど走った先にある村の、レストランで食事をした帰り道だった。村といっても山のなかの、過疎化《かそか》の進んだ小さな集落なのだが、ともかく、その夜、食事を終えた二人は農場に帰るべく車を走らせていた。

「うへっ」

　運転席で恭二がへんな声をだした。

「なんだ、あれ」

　そう言って、アクセルを緩めた。

「なに？」

　街灯もまばらな山道は、暗くてほとんど何も見えなかった。

「右側。ああ、通り過ぎちゃうよ」

　めずらしく動揺した声で言い、恭二は極限までのろのろ運転をした。

「うわ、なに、あれ。止めて。もっとよく見なくちゃ」

　花は自分がそんなふうに口走ったことを憶えているが、恭二は止まってくれなかった。

「だめだよ、そんなの失礼だろ」

通り過ぎて、しばらくどちらも口をきかなかった。それは老女たちだった。もしかするとなかには老女よりすこしだけ若い人もまざっていたかもしれないが、全体として、ともかく老女たちだった。八人いた。八人が壁にもたれて、電線にとまった鳩《はと》みたいに一列にならんで、ただ前方を見つめていた。

「夕涼みかな」

恭二が言い、

「こんな時間に？」

と花は訊き返した。時刻はもう十時に近く、夏とはいえ、すっかり夜になっていた。

「井戸端会議かもね」

恭二が言い、

「一列にならんでおなじ方向を見つめて？」

と、花はまた疑義を呈した。

花が驚いたのは、全員が人形のように見えたからだ。そこには動きというものがなかった。井戸端会議だとすれば、無言の会議だ。全員が無表情だった。全員が、似たようなプリントドレスを着ていた。エプロンをつけていたりいなかったりの差はあっても、一様に古ぼけた、褪《あ》せてはいてもあかるい色合いのドレスだった。

その夏と次の夏、花と恭二は何度も（というのも、その村のレストランが二人の気に入りの店になったからだが）、おなじ場所でおなじ光景に遭遇した。夜気のなか、まばらな街灯のあかりと花たちの乗る車のヘッドライトに照らされて、ぼうっと浮かびあがる八人（ときに九人、あるいは七人）の老女たち。最初は不気味だったけれど、次第に慣れ、花と恭二はおもしろがって、「冬はどうするんだろう」とか、「コートを着てでるんじゃないかな」とか言いあった（が、結局、冬に彼女たちを見ることはなかった）。

それが女だけの夕涼みで、古くからのその村の習慣なのだと教えてくれたのはアマリアだった。家族の世話とか畑の世話とか忙しかった一日のあとで、ああして外にでて風にあたって、ついでにたぶん、互いの無事を確かめ合っているのだろうと、アマリアは言った。夜のあの時間くらいしか、彼女たちは一人になれないのだとも。

「花ちゃん、話しかけてみなかったの？」

尋ねられ、

「みなかった」

と花はこたえる。

「とてもそんなことのできる雰囲気じゃないの。想像してみて、全員無表情で無言なのよ？　そこだけ別世界。シュールなの。昔の映画の一場面に迷い込んだみたいでもあったし、オブジェっていうか、現代美術のインスタレーションみたいでもあって」

思いだしながら言うと、

「想像した。こわい」

と双葉はこたえた。

「でも、ちょっと見てみたいな。おもしろそう」

とも。花はつい微笑《ほほえ》む。あの最初の夏、花と恭二もおなじように感じた。こわいとかおもしろいとか言い合って、最後には、いいものを見たねとうなずき合った。当時の花は想像もしていなかった。未来の自分がくり返しあの光景を思いだすようになることも、老女たちの列のなかに、いつのまにか自分の姿を見ていることも。

「けっこうお腹《なか》いっぱいになってきたけど、砂肝がまだでないね」

双葉が言った。あいだにセロリをはさんだ砂肝串が、この店での二人のいちばんの気に入りなのだ。

「リクエストしてみる？」

花が提案したとき、あめ色を通り越してほとんど黒光りするカウンターの上で、スマートフォンが振動した。恭二、という発信者名を見た双葉が眉《まゆ》を上げ、目をまるくしてみせる。

「片時も離れていられないわけ？」

　でてみると、しかしそれは恭二ではなく長男の郁《いく》で、「大地がうるさいからかけた」と言った。「ママー」とうしろで騒ぐ大地の声も聞こえて、それだけで花の胸に甘やかな喜びがひろがる。「あのね」郁から電話を奪い取ったらしい長女の寧《ねい》が言った。「郁はきょう、お風呂に入るのをいやがって、靴下を片っぽ花びんに入れちゃったんだよ」何を言っているのかわからなかったので、「え？　郁、お風呂に入らなかったの？」と訊くと、「入った」というこたえが返る。「でもいやがって、靴下を花びんに入れちゃったの。廊下の、みかんの横の花びん」みかんの横にあるのは花びんではなく梅酒や杏酒《あんずしゅ》を漬けている広口びんなので、花はあわて、「どこに？　靴下をどこに入れたって言ったの？」と訊いたのだが、「ママ何時に帰ってくるの？」と訊く末っ子の大地の手に、すでに電話は渡っていた。

　それぞれ八歳と六歳と四歳である郁と寧と大地は、いつも農場を走りまわっている。花を見ると全身でぶつかってきて、太腿《ふともも》に抱きつく。身体《からだ》は小さくても熱気と力に溢《あふ》れていて、三人とも、まだ肌の匂いがおなじだ。抱きついたあと、決まりのように笑い崩れるところも。

　かわるがわる電話口にでてくる三人と話し（郁が靴下をどこに入れたのかはもう訊かなかった。知りたくない）、「ふーちゃんにかわって」と言われたので妹にかわる。かわってもなお、子供たちの気配や息づかいがすぐそばに感じられ、花は急に、自分がいま東京の、新宿の、昔から馴《なじ》染みの串揚げ屋にいるということが信じられない気がした。見回すと、店の活気や喧燥《けんそう》が、どこか奇妙で現実離れしたものに感じられる。戻ってきた電話を耳にあてた。「ここは問題ないから」という恭二の声が聞こえた（「みかんの横の花びん」について訊きたい気もしたが、訊いたところで結果は変らないのだから、と思い直して、花はそのまま訊かずにおいた）。

「そのネイル、きれいね」

　砂肝串をたべながら、花は言った。

「奇抜だけど、ふーちゃんによく似合ってるわ」

　左右とも四本が鮮やかな緑に、一本だけがくっきりした黄色に塗られた妹の爪。のみものをビールからウーロンハイに切り替え、チーズ串と銀杏《ぎんなん》串をたべたところで、花は記録更新を断念した。

「ふーちゃんはもっとたべて」

促したが、

「もう無理」

という返事で、双葉は串入れから裸の串をつかみとり、数を数え始める。

「串にささってなかったのはアスパラだけだっけ？」

「かに爪も」

「あ、そうだった」

串の数は、二人とも十二本だった。

「もう一軒行かれるでしょ？」

妹に訊かれた。花は今夜、実家に泊る予定になっている。多少遅くなっても大丈夫だろうと思ったので、

「もちろん」

とこたえた。

会計を済ませ、急な階段をのぼっておもてにでる。

「寒いね」

風のつめたさに花はたじろいだが、

「うん。冬だからね」

とこたえた双葉は頬をつやつやと上気させている。目を輝かせ、近くに「最近見つけた気に入りのバー」があるのだと言った。そこでは「生の果物を使った、めちゃくちゃおいしいカクテル」がのめるのだと。

「最近見つけた気に入りのバー？」

鸚鵡《おうむ》返しにして花はからかう。あまり酒に強くない妹に、そんなもののあることが意外だった。

「うん。たっくんに鍛えられてるから、結構のめるようになったの」

双葉は胸を張ってこたえる。

「あ、でも、これから行く店はたっくんとじゃなくて、いつも会社の子たちと行くんだけどね」

「なるほど」

花は、自分と恭二に流れた十年という月日のあいだに、双葉に流れたおなじだけの月日を思った。花の知らない月日を。

「花ちゃん、私が結婚することうれしい？」

双葉にそう訊かれたのは、大通りにぶつかり、信号が変るのを待っているときだった。

「返答につまる」

正直にこたえた。

「ふーちゃんは、私が結婚したときうれしかった？」

尋ねると、

「質問返し！　ずるい」

と双葉は言ったが、律儀《りちぎ》にもすこし黙って考えてから、

「あんまり」

とこたえた。言いにくそうに、小さな声で。すとん、と心臓が落下するようなうしろめたさと、ほんとうのことだけが持つやすらかさを同時に感じ、

「ほら、ね？」

と花は言ってみる。

「本人がうれしければいいんだと思うわ。周りの人がうれしくなくても」

と。こういうときには無条件に「うれしい」とこたえるべきなのかもしれないし、

たぶんみんなそうしてきたのだろうと、花のなかの常識的な部分は訴えていたが、そ

んなのファック・ユーだと、ずっと大きいべつな部分が叫んでいた。

信号が青に変る。

「ゴー」

花が言うと、

「ゴー？」

と訊き返して双葉は笑った。

「なんで急に英語？」

横断歩道を渡りながら、花はまたあの夏の夜を思いだす。暗い山道で夕涼みをする老女たち。壁にもたれて、一列にならんで。花は、彼女たちの沈黙の重みを、妹が理解する日が来ないことを願った。「なんだ、あれ」「なに？」「右側。ああ、通り過ぎちゃうよ」「うわ、なに、あれ。止めて。もっとよく見なくちゃ」あのころの花が無敵だったように、妹が無敵であり続けることを願った。どんなに叶《かな》わぬ願いだとしても。

「夕涼み」from the album『PEARL PIERCE』（１９８２年）

青春のリグレット

綿矢りさ

綿矢りさ Risa Wataya

1984年京都生まれ。2001年『インストール』で文藝賞受賞。早稲田大学在学中の2004年に『蹴りたい背中』で芥川賞受賞。2012年『かわいそうだね？』で大江健三郎賞、2020年には『生のみ生のままで』で島清恋愛文学賞受賞。『勝手にふるえてろ』『ひらいて』『私をくいとめて』など映像化作品も多い。ほかの著書に『憤死』『手のひらの京』『オーラの発表会』『あのころなにしてた？』など。

結婚生活10周年の記念すべきこの年に、もうずいぶん心の距離が離れてしまった夫から昨晩離婚を言い渡された。すでに覚悟が決まっていたせいか驚きはなかったけど、すべて宙ぶらりんのまま、新しく何かを始めたいなんて気持ちも少しもわかなくて、昨日から一睡もせずに朝から買い物に行き、何も買わないまま昼過ぎに帰ってきた。昨日までの日常の延長を演じ続けたいけど、私が私自身を騙《だま》せてないからもうムリだ。散らかったリビングのダイニングテーブルを前に座ったまま、何をするわけでもなくじっと前を見つめてたら夕方になった。

私が欲しかったのはただ一つ、夫からの愛情で、結婚したら自動的に得られるものだと思っていたけどそんなに甘くはなかった。夫は押しの強い私に流されて結婚した自分に戸惑い、妻を愛せない自分にも戸惑うと昨晩涙ながらに語った。そんなことととっくに気づいていた私は今さら彼の涙に新鮮みもなく、ただどうしてこの男の心は手に入らなかったのだろうと純粋に疑問だった。尽くされるより尽くす方が好き、自分が心から愛せる相手と一緒になることを夢見ていた二十代のころ、夫はその私の欲求を満たして惚《ほ》れつくさせてくれた。でも私を愛してはくれず、ごほうびはないまま。二人でいるときの夫はいつも空虚そうだった。それでも今までは私の演じる結婚生活のドラマに付き合ってくれていたけど、最近ついに他に好きな人ができたみたいだ。

　水は蛇口からコップに汲《く》んで飲んでいたけど、まだ今日は何も食べていないことに気づきさすがにお腹《なか》が空《す》いてきて、日が暮れて真っ暗になった部屋に電気を点《つ》けるついでにキッチンに立った。冷蔵庫には食べられるものが何もなく、戸棚にも食べたいものが何もなく、やけになって物をどんどん取り出して棚の奥の方まで漁《あさ》っていると、すっかり忘れていたカニ缶が出てきた。昨年お歳暮でもらったやつだ。

　賞味期限は大丈夫だったが缶切りが無いと開かないタイプの缶で、あまりにめんどくさくて脇《わき》に置いた。

　指をケガしたら嫌だから、缶など自分で開けたことはほとんど無い、幼い頃は父か母に、大人になってからはそばにいる男の人に開けてもらっていた。大きめのカニ缶を再び手に取り、少し金色を帯びたその外観と赤く大きな蟹《かに》のリアルなイラストを眺める。これと同じような缶をかつて自慢げにこじ開けた元彼がいた。私とその人は旅行中だった。キリキリと缶切りで缶に切れ目を入れ、ギザギザの縁で手を切らないように注意深く缶の蓋《ふた》を指で持ち上げてから、どうだと言わんばかりにこちらを見るので、手を叩《たた》いてほめたら、きらきらした瞳《ひとみ》でその人は笑った。ほめられるのが大好きってわけじゃなく、私にほめられたからうれしいんだと、すぐ分かる笑顔。私は感動した、この人は私といるだけでこんなにも楽しいんだ、私はこれっぽっちも楽しくないのに、と。

カニのほぐし身をつまみにアップルシードを飲んだあの旅先での夜、陸《りく》は本気で私を愛していた。付き合った人は他にも大勢いたのに、彼の顔ばかりが頭に浮かぶのはなぜだろう。未練があるから？　違う、きれいだったからだ。陸の外見ではなく、心が。若いころは目を惹《ひ》く魅力的な人ばかりが気になったけど、最近は昔出会った素朴な人たちの面影が頭をよぎる。私は陸を思い出し、泣きそうになるのをとどめる。でもそれは彼との暖かい思い出が胸をよぎるからではなく、自分への戒めのために涙をひっこめるのだ。

「ねーねー、お菓子《かし》って露天風呂《ぶろ》で恋人とシたことがあったんだよね？」

大学時代の女友だちに誘われて行った合コンのカラオケで、トイレに行き少し席を外してから戻ってきた私に向けられた言葉が、それだった。

「モエカ、露天風呂って言ったら人聞きが悪いよ。個室露天風呂だよね、お菓子？」

女たちはこらえきれず全員が吹き出し、楽しげな雰囲気につられて男たちも酔いと好奇心を丸出しにした目で私を見てきた。エロネタは盛り上がるから、会の終盤になると溢《あふ》れ出す。

私は肩の髪の毛を払いながら、派手な色のサイコロみたいな正方形のソファに腰かけた。悪質なピエロがプロデュースしたみたいな、すごくセンスの悪いカラオケ屋。

「その話の何が、そんなにおもしろいの」

「おもしろいでしょ、彼氏と良い宿に泊まって部屋についてたヒノキの桶《おけ》の露天風呂でもヤッたってあんた教えてくれたじゃん。大胆だよねー」

モエカが笑いすぎたせいで目に浮かんだ涙を指でぬぐいながら、さらに畳みかけてくる。お風呂の形状はあなたたちが勝手に調べただけで、私は言ってないんですけど。少し前に彼女たちに冬休みに彼氏とどこへ行ったと訊《き》かれて宿の名前を言ったら、彼女たちはさっそくスマホで検索して「えーこんな高いところ！　いいなー！」と騒いでいた。私たちの泊まっていた部屋まで見つけ出し、個室露天風呂の画像を指差してモエカが、「こんな良い場所あったら当然ここでも恋人とするよね。夜空の星とか見ながらだとロマンチックだもんね？」と言ってきたので「そうだね」と答えたら勝手に盛り上がっていた。

今思えば、あれは私の弱味を握るための誘導尋問だったのかもしれない。合コンで自分の気に入った男を私に取られないようにするための。

「でもいいよね、一緒に温泉行ってまでヤラせてくれない娘《こ》よりさ、よっぽどいいよ」

フォローにもならない男の一言に、「もう、やだー」と女たちが盛り上がる。

「どうして外ですると、そんなにはしゃぐの？」

女たちの顔を一つ一つ眺めながら問う。モエカだけが口をきいた。

「だってワイルドだなーって。露天なんか寒いし暗いし、お湯の音もばしゃばしゃ鳴るし、ＡＶみたいだし落ち着かないじゃない？」

「モエカはベッドの上でしか、したことないの？」

「えー、私はっていうか、普通はそうじゃない？」

「じゃああんたは一生ベッドの上だけですれば。本気で愛し合ってれば寒さもお湯の音も気にならないから」

おーっ、菓子《かこ》さんカッコイイ！　とあっさり態度を変えた男たちが叫び、モエカがくやしげに沈黙するのを、私は冷淡な気持ちで眺めた。下品な話題を振るくせに、ずっと奥までは踏み込まないで男の前では恥ずかしげに振る舞う彼女たちを、私は軽蔑《けいべつ》していた。

場が若干気まずくなったことに気づかないまま男たちが順番に曲を入れて熱唱する中、酒を飲みながら聴くともなく聴いていた私の隣に、自分の飲み物を持って移動してきたのが陸だった。

「菓子さん、さっきカッコ良かったね。あの子たち結構いじわる言うから、菓子さん傷ついてないか一瞬心配したけど、大丈夫そうだね」

「当然。あんなの相手にしてない」

陸は同じクラスだった男子で大学時代は同じ遊び仲間のグループにいたから、一緒に出掛けたり、泊まりで旅行に行ったこともある。でも私はそのグループから途中で抜けたので、陸とは特に親しくもならないまま卒業した。しかしそう思っていたのは私だけのようで、合コンが始まったときからずっと彼が私の方ばかり見ているのを、私は気づいていた。

「確かにみんな友達どうしだし、何言われてもどうってことないよね」

「あんな子たち友達じゃない。今日も呼ばれたから来ただけ。もうそろそろ帰る」

私の言葉を聞いた陸は急にあわて出した。

「え、もう帰るの？　もう少しだけ話していかない？　実はおれ、久々に菓子さんに会えてうれしかったんだ。菓子さん急に仲間うちの集まりに来なくなって、連絡先も知らなかったから、こっちから連絡取ることもできなくなって。今日菓子さんが来ることも知らなくて、ここに来たら偶然菓子さんがいて、こんなラッキーなできごともあるんだな、と思って」

何も言わず彼の顔を見上げる私に、陸は照れ笑いして自分の近況を話した。ぺらぺら流暢《りゅうちょう》に話す男は口先だけでものを言ってることが多いけど、陸は本当に私と話すのがうれしいから口数が多くなっている。なんでも素直に話す彼との会話は案外楽しくて、私たちはカラオケを途中で抜けて、二人で二軒目に行った。

モエカが狙《ねら》っていた男も後日私に告白したけど、私はそいつとは付き合わず、個室露天風呂でした男とも別れ、陸と付き合い始めた。

私の名前は菓子。あだ名はもちろん小学生のころから、お菓子《かし》だ。めずらしい名前だねと笑われることも多かったけれど私はむしろ平凡と感じていて、私と同じようにあだ名はお菓子で初対面で名前を名乗るときいつもびっくりされて、ちょっぴり親を恨んでる菓子ちゃんが、全国に百人弱はいるんじゃないかと踏んでいた。

そして私は名付けのセンスが無い親を少しも恨んでなかった。未《いま》だに信じられないけど、両親は菓子の字はお菓子と同じって知らなかったらしい。苗字《みょうじ》と合わせると姓名診断はすごく良いから選んだと言っていた。一度も叱《しか》られた記憶がないほど甘やかして育ててくれた両親はいつも私の言いなりで、まさに私は家族のスイーツとしていつも一番良い席をあてがってもらっていた。

　良い人だけど優しすぎて色気が無い。大学のときの陸に対する女子たちの評価はそれで、顔も雰囲気も悪くないのに陸はモテない人に分類されていた。陸は平和な人で、無言のときも表情はどこか明るく、すぐ満たされて、あまり不平不満を口にしなかった。たとえばデートで映画を観《み》に行き、つまらなくても、不平は言わずおもしろいところを探して、ありがたがって観ている。あんまり美味《おい》しくないファミレスのランチも、いちいち感動して食べている。なんにでも充足してしまう彼にたいして、尊敬と蔑《さげす》みが同時に心のなかで生まれた。陸とはそれまでに経験したことがなかったほど穏やかなお付き合いが続き、リラックスできる分、私の居場所はここじゃないと一年足らずで思うようになった。陸に優しくされる度に嬉《うれ》しい反面ばつの悪い思いが募り、つい冷たく接してしまうときもあった。付き合ってから一年経《た》っても身体《からだ》を重ねることはまだ数えるほどで、そのどれもが穏やかに凪《な》いでいた。お互いの身体についた炎を鎮《しず》めるために、何度も身体を重ねた結果、余計火力を煽《あお》られてますます燃え盛るような、これまでの人との付き合いとは、何もかもが違っていた。

物足りない。

陸へのなけなしの恋の浮力がへなへなと落ちていくのをどうにもできなかった私は、このあたりで潮時だなと感じていたが、付き合ってから初めての夏、陸は私を山荘旅行に誘った。

「菓子が次の会社で働き始める前に行こうよ。おれも給料が出たしさ、車で三泊四日、夏でも涼しい高原近くのコテージに泊まろう。良いところ見つけたんだ、貸し切りのコテージで普通ならかなりの値段のところが、一荘だけ安くなってたのを早めに押さえておいたんだ。菓子も次の会社に移る前にちょっとは息抜きしたいだろ？」

会社を辞めたばかりの私は確かに時間があって、陸の誘いに乗った。旅行に行ったあと別れようと考えていた。

旅行当日、車で迎えに来た陸は、私が長かった髪をばっさり切ってショートカットにしているのを見て、意外なほど喜んだ。

「いいね、すっごく似合ってるよ。なんか前よりもさわやかに見える、涼しげっていうか」

「そうかな？　すうすうして、首が寒いの」

「ははは、確かに今まで首に自前の毛皮巻いてたみたいなもんだからな。でも夏だからちょうどいいだろ。髪が長いときには気づかなかったけど菓子って首がほっそりして長いんだな、うん、髪は短くして見せておいた方がいいよ」

　次の会社に移る前に気分を変えたくて切っただけだったが、陸の喜びようを見ていると、切って良かったなと思えた。髪を切ってから着る服の系統もちょっと変わって、今までは身体の線がはっきり出る女らしい格好が主だったけど、首と腕の部分が空いているだけの、貫頭衣のような、シンプルなデザインの青と白のチェックブラウスを着て、麻の生地のぶかぶかのパンツを穿《は》いていた。ちらとサイドミラーを眺めると、自分の顔が微《かす》かに微笑《ほほえ》んでいる。陸と付き合ってると時々こういうことがあった。ふわっとやわらかい風が吹いて、心がほだされて、知らないうちに表情がゆるんでいる。

「これも髪が長いときには気づかなかったけど、菓子はイルカに似てるな」

「醤油《しょうゆ》さしに似てるって、お父さんに言われたことある」

　陸は少し困ってから、

「世の中には可愛《かわい》い醤油さしがあるんだな」と笑った。

私も笑う。私は口が大きくてにっと笑うと唇の端が伸びて歯列の後ろの方まで見える。その感じがイルカに似てるのかもしれない。

陸が優しく見守る視線をこちらに向けているのを感じたとき、いたらない私をまるで子供のように世話してくれるとき、暖かみに包まれると蒸し暑すぎて逃げ出したくなる。だけどもの柔らかな見守る視線に触れると、身体の奥底で眠っていた大事なものが、ようやく目をこすりながら目覚め、一生懸命封印してきたプレゼントの箱がぱかりと開く予感が瞬時によぎり、うれしいはずなのになぜか私は急に恐怖を覚えて、鳥肌を立たせながら彼から離れ、目覚めようとした何かを、開きそうになった箱を、再び固く紐《ひも》でしばった。〝私のどこがそんなに好きなの？〟と一度陸に訊いたことがある。〝理屈じゃないよ、正直初めて見た瞬間からちょっと好きになってて、付き合ってからは本気で好きになった。古くさく聞こえるかもしれないけど、菓子のこと守りたいって本気で思うんだ。菓子は強い人だけど、おれが気づいて助けられたら、もっと生きやすくなると思う〟。

罪の意識を感じる力は、幼い頃から薄かった。ウソがばれたとか、他の子がばつが悪くなる場面でも、私は得意がってることが多かった。強がってたわけじゃない、本当に楽しかったのだ。そんな子だったから大人からはずいぶんお叱りを受けたけど、頭の上で雷が轟《とどろ》いてるだけというか、恐《こわ》かったけどそれだけで、また雷が止《や》めば外へ飛び出していくだけ。そんな私を本気で注意する人は減っていって、成長するにつれ余計に小言は気にならなくなった。言われた通りにするとか、大人に従うとかが嫌だったわけじゃなくて、自分のやりたいことを人の顔色を窺《うかが》って止めるタイプじゃなかった。

気づいたらやってる、反省はそのあとすればいいやという感じで、大人になった今でもその基本は変わらない。ただ賢く黙っていた方が得な生き方なのかなって高校生ぐらいで気づき始めて、何か反することがやりたくても、見過ごしたり、こそっと控えめにやるようになった。堂々として目立って捕まるよりも、控えめに良い子そうに振る舞って、人目を盗んでやらかす方が効率的だって知恵を付けた。

私たちがこれからどこに向かうかを陸はるるぶの地図を片手に懇切丁寧に説明してくれたが、私の頭には伊豆高原近くの山のコテージを目指す以外の情報は入らず、右の耳から左の耳の穴へ抜けてしまって頭には何も残らない。車を運転して旅行の予定もすべて立ててくれた陸に全任せしていた。どこに行くかは興味がなくて、ただ車に揺られて窓の外を眺めていた。

目的地に着いて車のドアを開けて外へ出ると、真夏なのに高地特有のひんやりとしたそよ風が頬をなで、ちっとも暑くなかった。小さなスイス風建築のコテージは、三角のとんがり屋根が可愛く、小さいながら玄関前にはポーチとブランコ椅子《いす》があり、薄いグレー色の外観だった。幼いころ本の挿し絵で見た、ムーミンの家の玄関先にも似ている。中へ入ると長い期間使われていなかったのか、きれいに掃除はされていたものの、空気はよどんでカビ臭かった。なんとなく息がつまる気がして、二階の階段の途中の、開閉しづらい位置にある小窓を爪先《つまさき》立ちで開けた私は、窓の外の光景を見て、あっけにとられたあと笑って陸に手招きした。

「陸、見て見て」

二人でおもしろがろうと思って呼んだのに、陸は窓の外の光景を見たあと絶句し、怒りだした。

「すぐ隣にこんな大きな墓場があるなんて聞いてないぞ。宿の予約ページには一切書いてなかった」

「そりゃそうでしょ、マイナス条件なんてどこの宿泊施設も書いたりしないって。でもいいじゃない、静かだし」

墓場とコテージの間には木々が生い茂り、その先は私有地で立入り禁止なので、コテージの裏庭のその辺りを歩いても普通は気づかず、二階の階段の踊り場にある窓からしか墓場は見えない。踊り場の窓はすりガラスで少し上の方についてるので、よっぽど換気をしたいなどと思わなければわざわざ開ける人も少ないだろう。

「宿側の気持ちも分かるけど、気分悪いな。安い理由を隠して貸すんだもんな、たまらねえよ」

陸はめずらしくずいぶん気落ちして苛立《いらだ》ってさえいたが、私は気にしてなかった。はなから今回の旅行にロマンチックなんて期待してなかったし、墓ぐらいで何も変わらないって分かってたから。死んでいる人という一番無抵抗で何もできない人を、意識の上で引きずり起こして、幽霊だの呪《のろ》いだのと騒ぎ立てるのは、元気の有り余っている生きている人間たちの愚行であり愚弄《ぐろう》だ。それに死んでもこの世に留まりたいほど執着心の強い人が、墓地みたいな退屈な場所にずっといるとは思えない。

荷物を置いた私たちはさっそく二階のベッドルームに移動して裸になり抱き合った。私は乗り気ではなく、汗ばんだ陸が私の上で飛びはねているようにしか思えず、他に経験もなければ、こんなものかと終わるのかもしれないけど、過去の上手《うま》い男の人たちの影が時おりよぎり、ますます味気なく思えてきた。もっとおもしろくするために、自分が上に乗ろうかとも思う。しかしその後の行為を継続できるほどの情熱も興味も彼に対してもう持ってないと気づいてもいた。だから少女趣味の小花模様のベッドシーツの上でただ揺さぶられていた。

　揺れる頭で天井を見上げながら、後悔しかない、今では憎んでいるといっても過言ではない元彼たちとの、けんかの後の甘く激しいベッドを思い出す。あーあ、欲しいなぁ、心底好きになれる人。そしたら何気ないひとときも、そばにいるだけで一瞬一瞬が輝いて特別になるのに。

　威張ってる男の人にはとことんかしずき、甘やかしてくれる男の人からはとことん優しさを吸い取ってミイラにする。それが当時の私の男性との付き合い方だった。当然付き合いは長持ちせずほとんどは二年くらいで、または一年続かないうちに別れて、大体別れの時期と新しく誰かと付き合う時期はかぶっていた。短期使いきりの恋愛を、むなしいとは思わなかった。

「あー、こんな風に旅行して、毎日色んな所行って遊んで、エッチして、ずうっと陸と二人で日本中を回れたら楽しいだろうけど、絶対無理だよね」

　終わったあとベッドに上向きに寝転がりながら、私は旅行後に控えている新天地での仕事を思い出して憂鬱《ゆううつ》になり、心にもないグチを吐いた。しかしのそりと起き上がった陸の瞳は真剣そのものだった。

「いや、不可能とは限らないよ。良い考えじゃん、おれだってそんな風に菓子と暮らしたいよ。いますぐは無理かもしれないけど、二人とも働いてお金を貯《た》めて長期の休みを取って色んな場所へ旅行するとかして環境を変えていくと、菓子の理想の将来に近づけるかも」

「そんな根無し草じゃ、暮らしていけないでしょ」

「切り詰めれば暮らせなくもない。もしくは二人ともどこでもできる職にジョブチェンジして、各地を転々としながら仕事して――」

軽い気持ちで口にした将来の希望を陸が真剣に考え始めて、半ば本気でプラン立てを始めたのに私は驚き笑って、内心変な人だなと呆《あき》れた。

「私は色んな場所へ行きたいけど、勤め先は絶対東京がいいの。あとお金の無い生活は耐えられない。それでも成立する計画が思い浮かんだら教えて。それよりさ、お腹空かない？　道の駅で買ってきたご飯食べようよ」

「分かった、下に降りよう」

夕食のあと、お風呂上がりに階段途中の窓を開けて私が夜空を眺めていたら、後から上がってきた陸があわてた声を出した。

「なぁ、その窓はもう開けるなよ、気味悪いだろ」

「そう？　でもこの窓からが一番夜空がよく見えるんだよ」

陸も私の横に並んで空を見上げる。

「ほんとだ、すごい星の数だ。さすが山のなかだな！　これだけ夜空が晴れてたら、星もくっきり見えるなぁ」

一台の車が通りかかり、カーブを曲がるときにサーチライトのように墓場全体を照らした。昼間横面だったり後ろ側だったり、いろんな方向を向けて立っていたはずの墓石が、すべて正面をこちらに向けていた。古い墓ばかりで彫られた文字もぼやけてるはずなのに、山本家乃《の》墓、笠井《かさい》家乃墓、どの墓石に刻まれた文字もくっきり見える。

ぐっと私は目を閉じた。

「あっ、菓子、見えた?!」

彼の声に再び目を開けると、恐怖にひきつっているのではなく、喜んでる彼の顔があった。

「流れ星、見たか？」

どうやら陸は、墓を見てないらしい。

「見た。いちどきに二つ、流れたね」

「二つも？　じゃあ俺一個見逃した」

空を眺める。下には視線を落とさないようにして。

翌日、一睡もできなかった私は心が荒《すさ》んで疲れていた。これから一日の間にこなさなきゃいけない陸との伊豆旅行プランを思うだけで、おっくうで吐きそうだ。めちゃくちゃつまらないのに顔だけ笑顔で旅行に付き合うのは、最悪の偽善だという気もしてきた。

「おはよう。いや参ったよ、歩いて二十分ぐらいのところにパン屋があるってスマホで調べてから行ったら、すごい山道でさ。車に乗って行けば良かった」

息せき切って帰ってきた陸が買ってきたのは、高原牧場から直送されたしぼりたて牛乳と新鮮野菜のＢＬＴサンドだった。軽く焼いたトーストと分厚いベーコン、新鮮で冷たいレタスがぱりぱりとして美味《おい》しかった。甘ったるい味が一切しない、目の覚めるフレッシュな牛乳も。陸はテーブルの上にガイドブックを広げ、プリンのような形の緑の山の写真を指差しながら、ここのロープウェイに乗ろうと楽しそうに話している。

「そういえば昨日菓子が言ってた、将来は二人で色んなところに旅行して暮らしたいっていうプランだけどさ、おれあのあと寝る前にいろいろ考えたけど、こういうのはどうかな」

「もういいよ、本当は二人の将来なんて、考えてないの」

ぽろりと口から本音がこぼれ落ち、思わず指で唇を押さえたがもう遅い。陸はぽかんとした顔をして食べかけのサンドイッチを皿に置いた後、みるみる怒りの表情に変わった。

「やっぱり別れるために来たのか」

「んー」

「おれが気づいてないと思ってた？」

「何が？」

「しらを切るなよ。いつから別れようって決めてたんだ？　旅行の前からなら、なんで一緒に来た？」

予想よりもハイスピードで念願の別れ話までたどり着いたけど、思っていた形ではなかったので、私はたちまち不機嫌になり押し黙った。というよりすべて見透かされていて、図星過ぎて、もうなんと言えばいいのか分からなくなっていた。まさか陸が私の気持ちに気づいていたなんて。

「菓子はときどき、すごく頑固なところがあるよね」

陸の低い声に若干悔しさが入り交じっているのを察知した私は嫌味だと勘違いして、

「は？」

と冷ややかに答えた。

「菓子が全然楽しんでないって気づいてた。それでもなんとか考え直してほしくて、盛り上げようと思って、楽しくてテンションの高いふりしてた。でも全然効果なかったな。俺だって疲れたよ、こんな虚《むな》しいだけの旅行」

「二人とも楽しくないなら、なんでこんな旅行続ける意味があるの？　早く帰りましょうよ、無意味でしょ」

ここで初めて怒りに煮えたぎっていた彼の瞳が揺れた。

「いや、ここで帰るのは。こんな気持ちで帰るのはダメだ。ごめん、俺が悪かったよ。今日は湖に行く予定だっただろう？　せっかく晴れてるし午前中はこのあたりをドライブして、そのあと湖に行こう」

「どんな気持ちで自然と触れあえっていうの？　私は帰る。むしろなんであんたは続けようとするの？」

私がわめいているうちに手で顔を覆《おお》い始めた陸は、指の隙間《すきま》から私を覗《のぞ》いてぎりっと睨《にら》んだ。

「好きだからだよ！」

「ほらずるいずるい、その気持ちが私には無いんだから行きたくないんだってば、私はあんたが好きじゃないから、愛してないから全《すべ》てがつまらないのよ」

　自分が小学生ぐらいの精神年齢に戻って親に向かってめちゃくちゃわがまま言ったときと変わらない状態に、ささいなきっかけで急に戻ってしまうことが時々あった。一度そうなるとアクセルを全力で踏み込んだまま猛スピードで突っ込んでく車みたいに止まれなくなった。好きじゃないと、愛してないと言うたびに顔に翳《かげ》が差し陸が傷ついてゆくのが目に見えて分かるのに、私は涙を流しながら詰《なじ》り続けた。

「でもいつかは好きになれるかもしれないってずっと努力してきた。でもダメだったからって陸は私を責めるの？　私が陸を好きになれなかったのは、陸の方にも原因があるんじゃないの？」

「おい、なんでそこまで追い詰める必要がある？」

　私は陸の〝好きな人といられる幸福〟に嫉妬《しっと》していた。

「私はあなたといるときちっとも楽しくなくて、時間の無駄で、損してる損してるっていつも思いながら過ごしてたからその仕返しだよ。私が今までどれだけ退屈したか知ってる？」

陸は一声唸《うな》ると私に飛び掛かってベッドの上で私の首を絞めた。最初冗談かと思ったがぐいぐい締め付けてくるので、

「苦しい、やめて」

とかすれた声を出し、弱い力で彼の腕を叩いたが、歯をむき出しにして腕にますます力を込める陸の耳には届かない。意味不明の軽蔑を向けている相手にこんな風に頸《くび》を絞められて私はこのコテージに来て初めて目がちゃんと覚めた。息ができないだけでなく血さえも止まった頭部はどんどん紅潮してふくらみ、ベッドの上で赤く咲く花のようだ。

「……やめて」

意識が遠くなってくる寸前に冷静な低い声で呟《つぶや》いたら、陸はぱっと手を離した。信じられない。口論さえもしたことのない二人だったのに、殺人未遂まがいのけんかをするなんて。だけど私は興奮して妙にハイテンションだった。血が上りきったせいでズキズキする頭を手でかばいながら上半身を起こすと、ベッドに面した白いドレッサーに私が映っていて、首元にはくっきりと赤黒い陸の指の跡が残っていた。

「ごめん。本当にごめん。ケガは無かった？」

「さあね、指の跡は首に残るかも。陸って思い通りにいかないと、暴力ふるう人だったんだね」

「最低だな、おれ」

絶対にそのままやるのかと思っていたのに丸めた背中をこちらに向けたままの陸は手出しせず、「荷物をまとめたら出る」とだけ言ってベッドを離れ、別の部屋で荷造りを始めた。のっそり起き上がった私は物足りなかった。まるで美しく赤く咲いたのに茎を切られず野原に放置された花のように。首に指の跡をつけたまま、さっきベッドの脇に脱ぎ捨てたスリッパをまた普通に履くのはなんだか可笑《おか》しかった。昨日のセックスよりよほど燃えたねと陸に言いたくなったけど、やめた。今度こそ本当に殺されそうな気がしたから。


荷造りを終えた私たちは玄関先に集合した。

「さっきはごめん」

しぼり出すような声で言ったあと、彼は頭を抱えた。

「ほんと、どうかしてた」

「もういいから。帰ろう」

正直暴力沙汰《ざた》には慣れていたから、私はもう平気だったけど、陸は青い顔をして目にうっすら涙をためていた。車に乗り込んだとき、指の跡が残っている首元を隠すために、防寒用にと一応持ってきていたスカーフを巻いたら、おばさんくさい花模様なのに陸は「きれいだね」と遠慮がちにほめて、そのあと大きな声で泣き出した。ごめんと何度も謝りながら。

「あんなに可愛いショートカットだったのに、菓子の首に傷をつけてしまうなんて」

「もういいから運転集中して。事故らないでよ」

冷たい声で言い放ち、窓の外を眺める。責められていたはずが一気に形勢が逆転して密《ひそ》かに喜んでいた。絶対に復縁を迫られると思ったのに、陸は二度と連絡してこなかった。

＊＊＊＊

旅行から一ヶ月ほど経ったあと、私から陸に連絡して私たちはカフェで再会した。まだ怒っていたら謝ろうと心の準備をしていたけど、陸は私を完全に許していて、むしろ私にすまないと思っているような、自信なげな態度だった。

「首、まだ痛い？」

と問われて、びっくりして思わず首もとに手を当てた。

「痛いわけないでしょ、もう九月だよ？　あれ七月だったでしょ」

「いや、もしかしたらムチ打ちみたいに後遺症とか出てないかと思って」

陸の心配性に笑いが飛び出た。

「大丈夫だって、ほら、跡も完全に消えてるでしょ」

私が無邪気に首元を晒《さら》して彼に見せると、「本当だ、良かった」とため息をついた。その目には私に恋していたときの熱はもうどこにも残ってなくて、何も植わってない花壇の土の養分が私はまた欲しくなったけど、もうあとの祭りだった。

店を出て外を歩く。信号が青に変わり歩き出す人たちに紛れて前へ進みながら、陸は私の首元にまた視線を遣《や》り、日差しを浴びても傷あとが目立たないかを確認している。まだ気にしてたんだ、私が煽ったせいなのにずっと罪悪感を抱き続けるなんて、首はしめられたけど私は本当に優しい人とお付き合いしていたんだなと、たくさんの人とすれ違う青空の下の交差点で私はなぜか急に有頂天になり、華やいだ気持ちに包まれて、アイドルみたいにスカートを翻《ひるがえ》して振り返り、後ろを歩く彼に笑いかけた。伊豆旅行に行く前もこの交差点を陸と通ったことがあった。あのときは手をつないで、退屈だけど別れようなんてちっとも思ってなくて、のんきで、まだ幸せだった。状況は全然ちがうけどあのときの気持ちを一瞬思い出して、切なくなった。

「あんなケンカ、何でもないことだよ、私は全然気にしてないよ。また十年後ぐらいに会おうよ、そしたら陸もきっと気にしてなくて、お互い幸せになってて、あの日のこともきっと笑って話せる」

後ろ歩きしながら手を差し出したら陸がおずおずと手を握ってきて、握手みたいになって笑った。ぐっと引っ張って並んで手をつないだまま前を歩いていく。私の心は晴れ晴れとしている。飽きた人と別れられてまた新しい恋愛に走り出せるから。

別れ際《ぎわ》私が去る前に、

「菓子はこれからどうするの」

と後ろ姿に聞かれて、

「さあね。もしかしたら次に付き合う人とかと、普通に結婚するかもね」

振り向かずに答えた。

「無理だよ」

陸がおだやかな声で言った。振り向くと彼はもういなかった。

陸。私はあなたを侮《あなど》っていた。
そして自分を知らなかった。

こんなに寒い冬のキッチンでなぜあの夏の思い出がまざまざと甦《よみがえ》るのか。愛されると腹が立つ。あんな贅沢《ぜいたく》な時間を窓からぶん投げてコテージから出ていった私は、いま冷えた足元にスリッパを履いて、暖房もつけずにいる薄暗いキッチンでカニ缶を握りしめて凍えている。

十年のうちに分別をつけた私は今さらあなたに会いにゆくなんてできない。過去というもう過ぎ去ったどうにも無抵抗な思い出に対して現在の私がわざわざ振り向いて扉を叩きに行くのは、悲しみの有り余ってる私の愚行であり愚弄だと知っているから。いまさらいい人ぶって、泣いたりできない。後悔してる、謝りたいなんて、勝手すぎて伝えられない。あのとき真剣に考えてくれた将来の計画が、今さら恋しいなんて。

陸はこんな風に私を思い出しはしないだろうという確信が、余計に孤独を深める。裏切ったのに、何年も心のなかに居座ろうとするなんて、無理な話だ。あれが私なりの愛し方だったと言ったところで、あなたどころか私自身も信じられない。その証拠に私をもてあそんだ人たちの面影は、私の心には全然浮かび上がってこない。夫は私を愛さなかったから、結婚までしたけど私のなかの夫の記憶はどんどん薄れていくだろう。誰かに抱いた憎しみは日が経つと共に薄れ傷も残せず、もらった愛情だけが、快晴の日にベランダに干した白いシーツに映った葉擦れの影のように、私の心を離さない。

「青春のリグレット」from the album『DA・DI・DA』（1985年）

冬の終り

柚木麻子

柚木麻子 Asako Yuzuki

1981年東京生まれ。2008年「フォーゲットミー、ノットブルー」でオール讀物新人賞を受賞し、2010年に同作を含む『終点のあの子』でデビュー。2015年『ナイルパーチの女子会』で山本周五郎賞を受賞。ほかの作品に『私にふさわしいホテル』『ランチのアッコちゃん』『伊藤くん A to E』『本屋さんのダイアナ』『マジカルグランマ』『BUTTER』『らんたん』『ついでにジェントルメン』などがある。

あれ以来、朋己《ともみ》はスマホで「ＵＳＥＮ　リクエスト　日付指定　時間指定」と検索し続けているばかりではなく、実際に有線に電話をかけて松任谷《まつとうや》由実《ゆみ》「冬の終り」をかれこれ四回リクエストした。

——該当する曲があれば、リクエストに応じて、お早いチャンネルにご案内いたします。でも、混み具合にもよりますし、何時から何時までにどのチャンネルで流しますよ、とは指定も確約もできないんですよ。

案内の女性が毎回丁寧に説明してくれたように、朋己のリクエストは果たして通ったのか通ってないのか、今なおわからない。少なくとも、一九九〇～二〇〇〇年代前半のＪ‐ＰＯＰがひっきりなしにかかっているこのスーパーマーケットで「冬の終り」が流れたことは、あれ以来一度もなかった。ワンオペ育児をしていると、スマホでさえ音楽をじっくり聴ける時間がないので、朋己は何十年かぶりにＣＤアルバムをネット購入し、その『TEARS AND REASONS』を家事の最中に流して、全曲すらすらと歌えるまで聴き込んでいる。

情けないことに、音楽の力を借りる以外で、仙川真帆《せんかわまほ》さんとの間に再びあの空気を作り出す方法が、三十九歳の朋己にはわからない。

朋己がこのスーパーのオリジナルブランドの飲食店「コンタちゃん」でパートしているのは平日十時から十六時半。休憩と昼食をふくめ休み時間は四十五分。一方、仙川さんは火、木以外の平日の十四時過ぎにやってきて、閉店作業にはいつも一人で当たり、土日もほぼ入っている。朋己は働き始めて一年になるが、レジ閉めはまだやったことがない。

専門店ばかり並ぶフードコート内で一番人気がなく、撤退の話もチラホラ聞こえ出した「コンタちゃん」なので、まれに客が多い時でも、ここに五十代の男性正社員の西岡さんが入りさえすれば、全然回る。バックヤードのタイル壁に掛けられたシフト表の彼女の薄いボールペン字を睨《にら》んでいると、仙川さんと朋己が顔を合わせるタイミングが案外少ないことに驚かされる。あんなに長く感じられるのは、やっぱり彼女がうんともすんとも言わないせいか。仙川さんがシフトに入ると、客が来ないことや有線の内容、自分が何故《なぜ》この街にいるのか、何故生まれてきたのか、そんなことを考え込んで不安になってしまうほど、時間の流れがゆっくりになる。

——この曲、いいですよね。

仙川さんが仕事以外のことで、朋己にしゃべりかけてきたことは後にも先にも、あれ一回。彼女に言われて、朋己はフロア全体を覆《おお》っている爽《さわ》やかなピアノの音色に、耳をすませた。高校生の女の子たちがちょっとしたことで気まずくなり、関係がこじれてしまった、というような歌詞だった。ユーミンといえば華やかな都会の恋の歌のイメージがあったので、意外だった。

新型コロナの感染が再び拡大したのに加え、かろうじて一番人気があるフライドポテトＳＭＬが、じゃがいもの輸入が追いつかないせいで販売休止になってしまったので、あの時も暇だった。

傍にいる彼女に何か言わねばと考えるのに疲れ、熱が引いたガス式の鉄板を見下ろしているうちに、下準備済みのタネや食材を全部ぶちまけて、鉄のヘラをカンカン響き渡らせたい衝動に駆られるのも、いつものことだった。たこ焼き、お好み焼き、今川焼き、焼きそば、らーめん。メニュー数が多いのに、注文が来てから調理を始め、アツアツを出すのは「コンタちゃん」の一番の良さなのであるが、冷凍食品を扱っているのが誰の目にも明らかな向かいの餃子《ギョーザ》専門店の方がずっと客数が多い。朋己は小学校の頃から水泳の帰り道に母と食べる「コンタちゃん」が好きだった。特徴らしい特徴がなくて、だけどどれも一定のクオリティを保っていて、たくさん食べられる味。都内ではもうこのスーパーマーケット自体をほとんど見かけなくなっているので、この街で偶然「コンタちゃん」のキツネのキャラクターに再会した時は嬉《うれ》しくて、すぐにここの文具コーナーで履歴書を買い求めたくらいだ。でも、こういうソツがない商品展開はもう流行《はや》らないのだろう。

――この曲、内田有紀《ゆき》と一色紗英《いっしきさえ》が出ていた学園ドラマのエンディングなんだけど知ってます? 私たちが小学生の頃くらいに放送されていたんです。ＤＶＤにもなっていないし、再放送もほとんどしないんです。藤田さんと私、同い年でしたよね?

　私たち、という言葉に、朋己は敏感に反応した。知らないと答えると、仙川さんはそのドラマが今でも見られるというさる動画配信サイトを教えてくれた。仙川さんはどんどん砕けた調子になって、無言で並んでいた三ヶ月分を取り戻すように、ドラマや曲について、早口でしゃべり続けた。

――『冬の終り』はカラオケで絶対に歌うんです。

――仙川さんって、カラオケいくんですね。

――意外ですか?

仙川さんはこちらを見やり、眉《まゆ》を不自然なくらい上げた。どうやら目元におどけた雰囲気を漂わせようとしている気配がある。この人の表情の変化がとぼしく見えるのは、マスクのせいばかりではなく、彼女の顔立ちにある、と朋己は気付いた。まっすぐな太い眉と四角い大きな目の間隔がほぼないせいで、何を言っても真顔に見えるのだ。朋己が、ちょっとだけ、と遠慮がちに言うと、仙川さんはこう続けた。

——一人でもいきますよ？　藤田さんはカラオケいきます？

——結婚してからはあんまり……。

今の言い方、嫌な感じじゃなかったかな、と朋己は不安になる。夫の転勤で越してきた朋己と違い、仙川さんはここで生まれ育ち、高校卒業後は大学進学のために都心で暮らし、名のある会社で長く働いていたらしいのだけれど、一人で暮らすお父さんの介護のために戻ってきたらしい。全部、彼女の口からではなく、西岡さんから聞いたことだ。「仲良くしてあげてくださいね。彼女、今とっても大変で、辛《つら》い時期なんだから」というあの言葉がこびりついて、いたわるような口調になってやしないか、いや逆に無神経に響かなかったか、などと自分の言動を厳しくチェックするようになり、ますます話しかけづらくなっている。独身で介護中。どうやらキャリアを捨てさせられたらしい。それだけで可哀想《かわいそう》などと彼女を上から見るのは傲慢《ごうまん》で、今の社会で最も嫌われるやり方だ。そもそも、果たして朋己が幸せかといったら、自分でもよくわからないのだから。つい媚《こ》びへつらった物言いになってしまう。

——初めて聞くけれど、とってもいい曲ですねえ。

曲は大サビになり、ユーミンらしく緩やかに終わっていく。歌詞の二人はどうやら、こじれたまま卒業して離れ離れになって、その後二度と会わなくなったらしい。

——本当に。こういう誰にでもある、小さなしくじりみたいなことを、国民的歌手にちゃんと歌ってもらえると、なんだか救われますよねえ。

仙川さんがなんでもない調子で言った。

あなたもしくじっているの？　朋己は出かかった問いを飲み込む。喉《のど》の奥が熱くなり、ビニールカーテン越しの風景がよりいっそう歪《ゆが》んで見えた。みんな、何かしら、しくじっているんですか。もしかして、ユーミンも？　テーブルでドーナツを食べている五十代くらいの女性二人組、パックの唐揚げをつつきながらビールを飲んでいる老人。持ち込みらしき麦茶を飲んでいる娘と同い年くらいの男の子と若い母親。なんで、その情報は、共有されていないんですかね？

三歳になる娘の茉莉《まり》ちゃんは可愛《かわい》いが、パートが終わると、保育園のお迎え、夕食の支度、お風呂《ふろ》、絵本を読んで寝かしつけを済ませてから、なんとか起き上がって、夫の夕食を用意する日々では、朋己はじっくり自分の心身と向き合う暇がない。二十一時過ぎに帰宅するなり、スマホ片手に横たわり皿一枚洗うこともしない夫に、行動を改めさせようとやっきになったり、ネットで「夫を育て直す」良い方法がないか検索しまくったものである。でも、いくら勇気を振り絞って議論を持ち掛けようが、なだめすかそうが、困ったように微笑《ほほえ》み、うんともすんとも言わない彼に、ある瞬間から疲れてしまった。狭い家で争うと、茉莉ちゃんが不安な顔をするので、それだけは避けたかった。夫は別に嫌な人間というわけではない。ネット漫画で読むモラハラ夫たちは、見るからに極悪非道で、朋己の夫と似ても似つかない。それに週末、家から出て三人で外食をしている時、楽しくない瞬間がまったくないわけでもないから、判断に迷うところである。朋己は悩む時間がだんだん無駄に思えてきて、他人に期待するのではなく自分の成長に集中しよう、そうすればいずれ夫も状況も変わるはず、と、ひとりで結論付けた。

　朋己が高校生の頃に流行った女性ダンスユニットの激しいテンポの楽曲に変わると、仙川さんは電池が切れたように口を噤《つぐ》んだ。ほんの数秒前まで、扉が開き、何かがなだれ込んでくる予感がしていたので、朋己は慌《あわ》てた。この流れでカラオケに誘ってくれるものとばかり思っていた。初老の女性客が、今川焼きをテイクアウトで買い求めにきた。仙川さんは冷蔵庫に行くと、水で溶いた生地の入ったボウルを持ってきて、朋己は専用の鉄板を熱して、サラダオイルの染《し》み込んだ油ひきをなすりつけていく。

仙川さんは不機嫌な人というわけではない。感染防止でこれまで以上に私語を慎むように西岡さんから達しがあったせいもあるのだろうが、とにかく無口なだけだ。喋《しゃべ》るのがそもそも好きではないのか、朋己が苦手なのか、介護で疲れ切っているからかは、マスク顔ではさっぱり分からない。二人でただ黙って並んで前を向いていると、あまりにも時がノロノロと過ぎていくので空気を紛《まぎら》わさねば、と気ばかり焦《あせ》る。「暇ですね」とか「どうしてコンタちゃんで働こうと思ったんですか?」とか無難な問いを浮かべてはみるものの、彼女の横顔やしっかりとした喉元をチラチラ見ていると、そっけなくされることばかり考えてしまい、結局、何も発することができない。これまでの人間関係ではいつも聞き役に回ってきた。朋己がコミュニケーションで一番苦手なのは、自分から会話を始めるという行為なのだ。近所の高校の生徒たちが詰めかけて、らーめんばかりを注文する水曜日だけは沈黙が気にならず、ほっとした。

切れ目なく続く有線を、向かいの店のものらしき呼び出しブザーの音が遮る。それがあまりにもよく響きわたるので、このスーパーの天井が意外なほど高い位置にあり、あまりにも広大な空間の一角を有していることを急に突きつけられる。マスクのせいで、揚げ物やだし汁のにおいがたちこめているはずのこの場所で匂《にお》いをほとんど感じられないのも、自分が今どこにいるのか、ふっと疑わしくなる要因かもしれない。

――おにはーそと。ふくはーうち。さあ、節分の季節がやってまいりました。家族みんながにっこり微笑む、幸せな具材が七種類ぎっしりの恵方巻《えほうま》きはいかがでしょうか。

リクエストをしてからというもの、朋己はずっと放送に集中しているので、それまで聞き流していたアナウンスが気にかかるようになった。その時だけ音楽がスッと退《ひ》き、喋りが終わると再びせり上がってくる。全店舗共通の季節商品に関するお知らせはプロが吹き込んだもので耳触りが良く、ほがらかなサウンドが流れているので、雑音まじりのザラザラとしたその女性の声はかえって際立《きわだ》っていた。

――一階、鮮魚コーナーにて、ただいま十三時から、ぶりしゃぶ用お刺身のタイムセールを行います。薄くてさっと火が通るので、忙しい平日の夜ごはんにぴったり。ぶりしゃぶ、ぶりしゃぶ、早いもの勝ちです。

生放送の八割が鮮魚に関するお知らせで、声の主はその都度まちまちで、男性の時もあるが、彼女であることが圧倒的に多かった。休憩時間を待たずに、朋己は調査することにした。鮮魚コーナーはちょうどフードコートの対角線上の反対側にある。焼きたてがウリなのでホカホカと温かな香りに満ちたベーカリーコーナー前を通り、しんと落ち着いた雰囲気の米・酒類売り場、インスタント・調味料の棚を突っ切る格好になった。生鮮食品売り場に近づくにつれて空気がどんどん冷たくなっていく。ショーケースに生鮭《なまざけ》の切り身のパックを並べている、白い作業着にゴム長靴を履いた五十代くらいの女性に、朋己は何気ない調子で話しかけてみた。

「あの、すみません、フードコートの従業員なんですが、館内放送に関する問い合わせがありまして」

「そういうのは、おたくの西岡さんに聞いて？　私、社員じゃないから、わからない」

　胸のバッジに「青木」とある女性はそっけなく言った。その水気のない声がぶりしゃぶのアナウンスとよく似ている気がしたので、朋己はつい前のめりになった。

「あの、いえ、ええと……。あの、リクエストで音楽って、かけられませんかね？　館内放送の直後に。一曲だけでいいんです」

　それまで流れていた落ち着いた男性バラードから、女性アイドルグループのビッグバンド調の楽曲に切り替わったせいか、彼女は急に眉を寄せた。

「なに？　聞こえない。こっち来て」

こちらの反応を待たずに、青木さんはバックヤードへ続くスイングドアにためらいなく、顔から突っ込んでいく。慌てて後を追うと、ダンボールと生魚のにおいがどっと吹き付けてきたのが、マスク越しにもわかった。彼女が向かった先は、売り場から丸見えのガラス張りになっている水産部門の作業スペースで、他には女性二人がこっちを見ないで立ち働いている。足元が浅いプールのように濡《ぬ》れているので、スニーカーの朋己は入ろうか入るまいか迷い、排水溝の上に立つことにした。背後のドアが閉まるなり、ＢＧＭが途絶え、その分、青木さんの声がくっきり響いた。

「音楽なら、有線かかってるじゃないの？」

怪訝《けげん》な目に負けず、朋己はこう言った。

「私のかけたい音楽をかけたいんです」

「え、マジで。同じなんだけど！」

ラップをシワひとつなく伸ばして、刺身パックのパッケージング作業にあたっていた、小柄な若い女の子が手を動かしたまま、会話に割って入ってきた。

「私さ、ここのバイトの前、駅ビルのベーカリーで働いていたんだけど、レジ閉め作業の間、ＥＤＭを爆音でかけたのが店長にバレて、めっちゃキレられたんだよね」

「みつきちゃん、それであのパン屋クビになったの？　初めて聞いたよ」

あきれた声で振り向いたのは売り場に面した作業台に向かって、白身魚を三枚下ろしにしている女性だ。目元の皺《しわ》から判断するに六十代くらい。胸のバッジには「定岡」とある。

「だって、閉めの作業中って暇じゃん？　おねえさん、どういうジャンルが好きなの？」

「いや、音楽が好きなわけじゃないんですよ」

仙川さんがシフトに入るまであと二時間あり、「コンタちゃん」は今、無人なので、一刻も早く戻らねばならない。朋己はこれまでの経緯を、極力なんてことない話として早口で説明した。

振り返れば、男女問わず、片想《かたおも》いばかりの人生だったと思う、この人と仲良くなりたいな、と思っても、好意がバレたら疎《うと》まれるのではないか、という恐怖が先だった。考えに考え抜いた結果、無難な発言しかできず、衝突したり疎まれたこともない代わりに、あっさりした関係しか作れなかった。四十歳になろうとするのにこの調子なのだから、将来的には茉莉ちゃんとも不仲ではないけれど疎遠《そえん》になっていくのではないか、という強い予感がある。

朋己が話を終えると、三人ともじっとこちらを見ている。排水溝の中でうねる水音だけが足元から響いていた。

「……それ、友情じゃん？」

みつきちゃんが言ったのをきっかけに、うん、友情だ、友情だ、青木さんがはしゃいだ声を上げ、いい話だね、と定岡さんがしみじみとつぶやいた。三名は作業の手を止め、訳知り顔で頷《うなず》きあっている。朋己は慌てた。誤解されたら困るし、仙川さんの耳に入ったら取り返しがつかないことになる。単に働いている間、無言が続くのが精神的にきついだけだ。朋己は根気強く、伝わりやすい表現を試みる。

「そういうことじゃないんです。私は単に、油を一滴、さしたいだけなんですよ」

変な人間だと思われないように、フラットな笑みをこころがけたが、マスクでは、わかりづらいかもしれない。朋己は目をうんと細めてみせる。

「仙川さんと会話をするとっかかりとして一番適しているのが、あの曲なんです。前回は私が無能なせいで、チャンスをつかめなかったんですが、次は必ず。私は、油を引いて、パートの人間関係を無難に進めるための、下地を作りたいだけなんですよ。彼女とプライベートで仲良くしたい、とか、まして一緒にカラオケにいきたいだなんて、とんでもないことです」

「なんかよくわかんないけど、あなた、凄《すご》いねえ……」

定岡さんが唸《うな》るように言った。しばらくして、この人、感情デカくね？　とみつきちゃんがつぶやいた。青木さんが何故かいたわるようにこう言った。

「悪いんだけどね。館内放送って、正社員しかしちゃいけない決まりがあるんだよね。私たちはみんなパートだから、ここのすぐ裏にある放送室のマイク前で話したことがないの。タイムセール商品の品出しが終わったら、手が空《す》いている社員に声をかけることにしてる」

「え、そうなんですか？」

朋己は急に恥ずかしくなってきた。ひらめきに任せて、これまで一度も訪れたことがない生鮮部門の裏側にまでノコノコやってきた自分が、頭のおかしいおばさんであるように思えた。

「何かいい方法がないか、一緒に考えようよ。私たち、いつもシフト十七時あがりなの。その後、そこのファミレスでサクッと飲もうと思ってたんだけど、ええと、藤田さん、も来ない？」

「あ、ごめんなさい。その時間には保育園のお迎えなんです。色々ありがとうございました。失礼します」

定岡さんの誘いに、朋己は素早く顔を背《そむ》けた。お迎えは一時間程度なら今からでも延長可能だが、二人以上の飲み会は、気を遣いすぎて、いつも具合が悪くなるまで飲んでしまうのが常だった。なおもこちらに構いたそうな三人を振り切って、朋己はスイングドアを二回、額でグイッと押すと、バックヤードから逃げ出した。たまたま目に付いたシラスのパックを掴《つか》み、もと来た道を引き返し、レジカウンターで会計すると「コンタちゃん」に戻った。相変わらず冷めている鉄板を見下ろしていると、この数分間、自分はここに立ったままで、何も起きていないかのように感じられる。手提げの中のシラスを覗《のぞ》き込んで確認する度に、生鮮部門までわざわざ出かけて行ったのも、そもそもシラス目的だった気がして、羞恥心《しゅうちしん》も消えていった。

しかし、翌日の午前中、定岡さんとみつきちゃんが紺色のエプロンに正社員の赤いバッジをつけた女性を挟んで「コンタちゃん」にさっそうと現れたのである。朋己はフライドポテトが出ない今がチャンスと、持参したブラシでガス式のフライヤーを掃除しているところだった。

「あなた、あなた。えっと、藤田さん。感情のデッカな」

定岡さんが大きな声を出すせいで、右隣のコーヒー専門店に並んでいた若いカップルがこちらを覗き込んできた。やめてくれ、と目で制しても、定岡さんは声のトーンを変えずに、その女性を引き寄せた。

「この子ね、社員さんなの。野菜売り場のチーフなの」

「前田」というバッジをつけた彼女になんとなく見覚えがある気がしたが、言葉を交わしたことはなかった。

「初めまして。前田です。西岡さんからお話は聞いています。藤田さん、すごく覚えがいいらしいから、『コンタちゃん』が撤退したら、うちに来て欲しいな、なんて、前々から気にかけていたんですよ」

浅黒く小さな丸顔は幼く見えるが、その声を聞いて案外、年齢が近いかもしれないと思った。ハスキーで通りの悪いその声は若者のそれではない。あのアナウンスのひとだ、と朋己は気付いた。自分を評価してくれている人が居たことに思いがけずみぞおちが温かくなったが、あっという間に噂《うわさ》が広まっていく予感もして、いたたまれない気持ちがした。フードコートに面しているエスカレーター下で、ショッピングカートをまとめている警備員の男性までがこちらを見て、ニヤニヤ笑っている気がした。

「正社員だけど、信用おける子だから、大丈夫！」

定岡さんがそう言って意味ありげに目配せをしてきたが、朋己は不安になっていく。ここに派閥があって、その中に入れられたらたまらない。軽率に彼女たちに声をかけたことを後悔し始めていたが、前田さんはテキパキと説明した。

「館内放送の直後に、音楽をかけることは私であれば、可能です。ただ、一つ問題があります。うちのスーパー、放送室がほぼ昭和のままで止まってるんです。小学校の頃の放送部のアナウンス設備と同じ、カセットデッキにマイクが繋《つな》がっている状態っていえば、わかりますか？」

　小学校の頃は、いつも校庭にいたから、その場所に足を踏み入れたことはなかった。本来、朋己はこんな風に人間関係でクヨクヨするよりも、思い切り一人で走る方が向いているのである。

「実は三十年以上前、ここの館内の音楽は、カセットに録音したその月のヒット曲メドレーを何度も何度も再生していたんですよ。昔ってどこもそうじゃなかったですか？」

「確かに……。チェーン店に長居してずっとＢＧＭを聞いていると、あ、今、一周したなって、思ったり……」

「九〇年代半ばから本社の要請で、全店舗一律同じ局の有線放送に切り替わったんです。それっきり、こっちで音楽を選ぶことがないまま来てしまったので、今なお、曲をかけるならカセット以外方法がないんです。だから、藤田さんのリクエスト曲、カセットに録音してもらえませんか？　それだったら、鮮魚のタイムセールのアナウンスを終えた後、私が間髪入れずに再生することが可能です」

　定岡さんとみつきちゃんが満足げなのが気になるが、ここまできたら、前田さんのこの業務然とした態度にすがる方がいい。一刻も早く、仙川さんのいる時間を見計らって「冬の終り」を流してもらい、関係を円滑に整える。あとはこの人たちに喋りかけられても、なんのことかさっぱりわからない、という態度を貫けばいい。

「カセットに録音……。ラジカセですよね……？　実家の自分の部屋にはあるはずなんですが。いや、もうないかな……」

　音楽にこだわりがあるということはないが、高校時代は、ジュディアンドマリーが好きで仕方がなかったことを急に思い出した。図書館で借りたＣＤをカセットに録音して、テープが伸びるまで再生し続けた記憶がある。その丸っこいシルバーのラジカセで、学校指定の英語教材も聴いたし、受験勉強中はお笑い芸人のラジオを楽しみにしていた。母に連絡して送ってもらおうかとも思ったが、送料もかかるだろうし、郵便局なりコンビニまで持ち運ぶのも重たいだろう。なにより母はいつも朋己を心配していて、コロナ禍でのたった一人の出産と育児に夫の転勤が重なり、クレジットカード会社をやめたことを今なお残念に思っているらしく、毎日ちゃんと過ごしているかと気にかけている。電話でしゃべる時、いつも緊張する。だったら、購入してしまおうかと、スマホで検索したところ、もう生産台数が少ないせいか、昔は数千円だったのに、三～四万円が相場だった。

「ラジカセなら、うちにあるよ？　まだ封を開けていないカセットも。息子が置いていったの。あなたより、ちょっと上くらいかな」

　ずっとこちらの手元を見守っていた定岡さんが突然、言い出した。

「よければ明日にでも、シフト上がったあと、その曲のCDがあるなら、それを持って来ない？　うち、ここから歩いて十分くらいなんだよ」

　茉莉ちゃんのお迎えはいつも十七時にしているが、十八時十五分までなら延長保育料金はかからない。もうさっさと済ませたい気持ちが強く、宜《よろ》しくお願いできますか、すぐにお暇《いとま》しますんで、と朋己は、定岡さんに深々と頭を下げた。

「じゃあ、私も、明日は漫画返しに行こうかなと。ラジカセっていうの見てみたいし。青木さんにも声かけてみる。じゃ、十七時過ぎに自転車置き場で集合だね」

　と、みつきちゃんが言った。レジカウンターの向こうに消えていく三人の後ろ姿を見送りながら、定岡さんとみつきちゃんはどう見ても四十歳は離れているのに、どうしてそんなにも親しげなのだろうかと、朋己は取り残された気持ちになった。

翌日の夕方、定岡さんは朋己と同様に自転車を押し、ここにはバスで通っているという、ダウンジャケットから緑色のタイツの足をすらりと伸ばしたみつきちゃんはポケットに手をつっこんでダラダラと付いてきた。やがて、石を重ねた門と黒い砂利を敷き詰めた玄関の、小さな戸建てにたどり着いた。

「はいはい、お待たせね」

ドアを開けると、久しぶりに包まれる生活の気配だった。キャットフードとかつおぶしと洗剤のにおいがする。入ってすぐの、冷凍庫の中のような洗面所を借り、うがい、手洗い、消毒を済ませると、居間に案内された。定岡さんは手提げからポリ袋を取り出しているところだった。マグロの赤身の切り落としらしきものが無造作につっこんである。彼女が居間のサッシ窓を大きく開けると、外気が流れ込んできた。軒先に出しっぱなしの汚れた皿の上に、定岡さんがマグロを載せると、待ち構えていたらしい野《の》良《ら》猫《ねこ》たちが狭い庭のあちこちから集まってきた。

「いつも思うけど贅沢《ぜいたく》だよね。私より、全然栄養価の高いもの食べてるかも」

朋己に続いて洗面所を出てきたみつきちゃんはそんなことを言い、リュックサックを足元に下ろした。

「みつきちゃんも、お刺身もって帰ったらいいじゃない？　大事だよ。タンパク質」

「私、生物《なまもの》苦手だし。ベーカリーの子にこれもらったんだけど、食う？」

台所に移動した定岡さんに向かってそう言って、みつきちゃんは小さなチョコレートクロワッサンがぎゅうぎゅうに詰まったビニール袋をこたつの上に放り出し、続いて八〇年代に流行ったＳＦ少年漫画を数冊取り出した。見回すと、こたつと仏壇でほぼいっぱいに見えた居間は、低い本棚に囲まれていて、漫画喫茶のような雰囲気だった。みつきちゃんはそこだけポッカリ空いている棚に漫画を戻し、その続きとなる数冊を引き抜いた。こちらにお構いなく、こたつに足をつっこむと、さっそく読み始めている。

　こたつの上には大きな黒いラジカセが載っていた。コードが伸びていて、それを目で追っていくと、こたつから伸びる赤と白の布張りのコードと絡《から》まり合い、それぞれのプラグが壁のコンセントに平行に突き刺さっている。わざわざ用意してくれていたのか。朋己はほっとしてお礼を言うと、パート用のトートバッグからＣＤアルバムを取り出した。

「息子が出て行っちゃってから、何もかも、ずっとそのまんまなのよね。全然、連絡もよこさないの。狭くなるから、引き取って欲しいんだけど」

　台所から聞こえてくる定岡さんの声はとくに寂しそうでもなく、当たり前の調子だった。お茶入れるね、みつきちゃん、緑茶、苦手だよね、クロワッサンだしミルクティーでいい？　との声に続き、冷蔵庫を開ける音がした。感染防止のためか、相変わらずサッシ窓は開け放たれ、冷たい風が勢い良く吹き込んでいる。長居はできない、と言い聞かせつつも、こたつに足を突っ込んだら気持ちとは裏腹に下半身がとろけていった。マグロを奪い合う猫たちの尻尾《しっぽ》がうごめいていて、今にも室内になだれ込んできそうだ。

「青木さん、店出たって。すぐにここ、くるって」

　スマホを取り出したみつきちゃんがそう言うので、「あ、私、それまでには帰ります。もう出ないといけないし、密になるし」と、朋己は慌てて口を挟んだが、自分のための集まりなのに、今のは感じが悪かったかな、とすぐ反省した。

「いいですね。定岡さんはお友達がたくさんいて」

　コンロの前に立つ定岡さんに向かって、朋己は思い切って声を掛けてみる。こういう人は若いころから、コミュニケーション能力が高く、仲間に囲まれていたのだろう。びゅうびゅう吹き込む外気のせいだけではない。この居間も、あちこちに新聞が積まれていて、置いてあるものも古いものばかりだけれど、停滞した空気がない。人の出入りが多いからだろうか。

「そんなことないよ。そもそも友達なのかな、私たち？」

「えー、違うの？　ひどくね？」

漫画から顔をまったく上げないまま、隣のみつきちゃんが何も滲《にじ》まない声で言った。

「パート先のみんなと仲良くなったのだって、子どもが独立して、介護が終わってからだもの。余裕がないとさ、無駄話する余裕もないじゃない？」

定岡さんはそれぞれ柄が違うマグカップに、鍋《なべ》からミルクティーをなみなみ注ぎ、お盆に載せて運んできた。

「そうですか……」

時間があった頃、自分に無駄話をする能力はあったのかなかったのか、疑問なのだが、コロナ前、結婚前、いや、そのもっともっと前は、これほど沈黙に怯《おび》えなかったことは事実だった。

「だから、その仙川さんて人も、きっとおうちのことで、今いっぱいいっぱいなんじゃないの？　藤田さんとしゃべりたくないわけじゃないと思うよ」

可能性をまったく考えていなかったわけではないが、自分ではない誰かの口から聞くと、こんなに安心するものなのか、と朋己は身体《からだ》の芯《しん》がほろっと崩れる思いだった。

定岡さんはこちらにマグを勧めると、向かいに腰を下ろした。

「友達になりたい、とかそういうのじゃ、本当にないんです……」

なんだか声が上手《うま》く出なくなってきた。人が淹《い》れたミルクティーを飲むのは、もう何年ぶりだろうか。茶葉を牛乳から煮出したものらしく、あらかじめはちみつらしき甘味がついている。このまま自分のことを少しでも話し出したら止まらなくなりそうで、怖かった。予定らしい予定もないのに日々緊張してばかりのこと。汚れた皿を前にした夫のおっとりした顔に絶望すること。茉莉ちゃんのふさふさした頭が横にあると、一人きりで出産した上、しばらく病院に誰も来られなかったことを思い出し、寝付けなくなること。消毒液のかけすぎのせいか、それとも老化のせいか、爪《つめ》に入った縦筋がオイルをどんなに塗っても消えないこと。朋己は全《すべ》てを飲み込むために、ラジカセのＣＤドアを開け、アルバムをセットした。曲番号を選択し再生すると、あのピアノのイントロが流れ出した。

「ただ、この曲がかかったあの時の、あの空気をもう一回だけ取り戻したいんです……」

三人は無言で「冬の終り」を聞いた。この曲なんか、エモくね、とビニールからクロワッサンを引っ張り出しながら、みつきちゃんがつぶやいた。

フードコートの壁時計が十三時五十五分を過ぎた時、仙川さんが「コンタちゃん」に姿を現し、鉄板の真横に並んだ。待ってましたといわんばかりに、エスカレーター下で待機していた青木さんが、朋己に向かって、手で大きく丸を作って見せた。朋己が頷くと、青木さんは小走りでベーカリー売り場を経由して生鮮部門に戻っていく。業務中はスマホ禁止なので、彼女が仙川さんの入店を見届け次第、前田さんに直《じか》に声をかけにいくことは打ち合わせ済みだった。

仙川さんはいつものように「おはようございます。よろしくお願いします」とだけ言うと、真後ろの冷蔵庫を開ける。下準備なら午前のうちに朋己が全て済ませているのだからやることなどないのだが、それでも一応は確認するところを見ると、真面目《まじめ》な人なのだろう。それから朋己から離れた場所に立つと、両手を前に出し、所在なく指先を合わせながら正面を見つめたっきりになるのも、いつものことだった。女性ボーカルの緩急あるR&B調の楽曲が小さくなり、いよいよだ、と朋己は息を呑《の》んだ。

その日の前田さんのアナウンスは、普段よりもよそゆきに聞こえて、カサカサ声がちょっぴり潤《うるお》っていた。

「真鱈《まだら》の切り身四枚パック、本日十四時からタイムセールです。お鍋にムニエルに大変使い勝手のいい真鱈の切り身です。お得な四枚入り、三百五十円、三百五十円です」

今朝、開店作業前に、前田さんには封筒に入ったカセットを渡してある。真鱒は大きく、解体に時間がかかるので、定岡さんは時間に合わせるためにいつもより早く作業にとりかかり、みつきちゃんは他のパッケージング作業を少しでも終わらせておくために、わざわざシフトの入り時間を変えてくれたらしい。アナウンスが終わると、ピアノのイントロが流れ始めた。朋己は大きく息を吸うと、期待を込めて、仙川さんの方を向いた。なにを言うべきかは考えてある。

——あれ、この曲、仙川さんの好きな、ユーミンのですよね？

しかし、彼女の視線は鉄板の先、フードコートのテーブルの先、そのもっともっと向こうに向けられていた。

「あの、仙川さん」

勇気を出してそう声をかけた瞬間、彼女がこちらを初めて見た。

「申し訳ありません。藤田さん。ちょっと外していいですか。すぐ、戻ります」

そう早口で言うなり、彼女は仕切りドアを下半身で押して、カウンター内を飛び出し、フードコートをすごい速さで走り去ってしまった。あっという間のことで、朋己は事態がうまく把握できない。お腹《なか》でもこわしたのだろうか。ユーミンの歌い出しが聞こえてくるのと、定岡さん、みつきちゃん、青木さん、前田さんが遠くから駆け寄ってきたのはほぼ同時だった。

「どうしよう、仙川さん、急に顔色変えて、走ってっちゃって」

頭が混乱しているのと、今までのみんなの協力が無駄に、という申し訳なさで、朋己は声が震えてきた。

「追いかけなよ」

と、みつきちゃんがもどかしそうに叫ぶので、朋己ははっとした。急いで仕切りドアを押し、仙川さんが消えた方向を目指して走った。しかし、スーパーマーケット入り口付近まできても、彼女の姿はない。外に出てバス通りを見渡しても、ふと思いついて駐車場の方に行ってみても、仙川さんは見つからなかった。来た道をとぼとぼと引き返すうちに、客の何人かに見られていることに気付いた。自分が首回りの寒々しい制服姿であることを思い出したが、急に走って身体がじんじんと熱いせいか、寒さはあまり気にならなかった。

このままもっともっと力の続く限り走りたかった。どこか遠くにいってしまって、このパート先に二度と近寄りたくなかった。でも、売り場への責任感から朋己はのろのろと「コンタちゃん」に戻った。有線放送はとっくに、九〇年代前半に一世を風靡《ふうび》した男女三人組のラップに変わっていた。

「ドンマイだよおー！　ともちーん」

一番とっつきが悪く見えた青木さんがそう言って駆け寄り、こちらの肩を揺さぶるので、朋己はされるがままになった。

「そうだよ。またチャンスあるって」

と、みつきちゃんも頷いている。この人たち、売り場をこんなに長く離れて、大丈夫なのだろうか、と朋己はぼんやり思った。

「カセットは用意できたんだから、何度でもかけるチャンスはあるじゃない」

定岡さんがいたわるように言ったが、こんなことをまた繰り返すのか、と考えただけで、朋己は茉莉ちゃんが買い物時によくやるように床にあおむけに倒れて、大声で泣きわめきたくなった。

「いや、もう、いいんです。みなさんの、その気持ちだけで嬉しいです」

　本当はわかっている。曲がかかったところで、仙川さんはその間だけは饒舌《じょうぜつ》になるが、再び黙り込んでしまうだろうと。たかが四分三十八秒間で彼女の心をつかむ魔法が、朋己につかえるわけがない。か細い声でそう伝えると、青木さんが「悲しいこと言わないでよ」と悲鳴に似た声をあげた。

よし、今夜は飲みましょうか、とずっと黙っていた前田さんが突然、力強く言った。

「音楽なしでも、仙川さんと交流する方法は絶対にあるはずです。考えましょう」

そこまでの交流は求めていないんだって、とまた説明するのも、おっくうだった。飲み会は気を遣うから苦手なんです、でも、定岡さんのミルクティーがまた飲みたいです、とやる気なくつぶやいたら、定岡さんが冷たい皺だらけの大きな手でこちらの手をぎゅっと握ってきた。


「お母さん！」

約二十年ぶりにその名を呼んで、真帆はスーパーマーケットに入ってくる客とぶつかりながら、自動ドアが開くのを待つ間さえもどかしく、バス通りに飛び出した。歩道を行き交うまばらな人々の中に、フードコートフロアの外からこちらをじっと見つめていた母らしき高齢女性はいなかった。でも、辺りを見回すと、駐車場に向かってカートを押している黒いダウンジャケットの丸い背中がそうであるような気がして、再び、真帆は彼女に向かって、足を進め、叫んだ。

「お母さんってば！」

小学校の頃、真帆はピアノの教室の帰り、母とよくここの「コンタちゃん」に来たのだった。真帆はコンタちゃんを嫌いではないけれど、ダサいと思っていた。駅ビルにあるクレープ専門店の方がいいと主張したが、母は「変わらない味で落ち着く」と評価していた。父の帰宅はいつも深夜で、飲み仲間を突然連れて帰ることもあったが、母はいつも感じよく応対していた。特に悩みがあるようには見えなかった。

　ダウンジャケットの女性は駐車場を抜けて、スーパーの外壁の向こうに消えたので、真帆も後を追いかけたが、またも姿を見失った。この先はもう従業員用の自転車置き場と廃棄物処理センターしかない。

　脳梗塞《のうこうそく》で半身麻痺《まひ》になった父は、もって一年、と言われていて、真帆は実家に一時的に帰ることを決意した。ずっと二人きりだと煮詰まるのではという懸念《けねん》から、強制的に外に出る理由を作ってみようと思って、ここの面接を受けた。真帆が所属しているweb制作会社は、副業を持つことがむしろ推奨されていて、フリーランスの集まりといった様相だった。休職を申し出たときもごく気軽に了承された。社交的というほどではないが、飲み会やカラオケに誘われれば必ず参加してノンアルコールを傾けながら、歌や話題をじっくり聴いているのが好きな真帆は、今でも時々行われる同僚や友達とのZoom飲み会だけで十分満たされている。父に似ているという自覚から、真帆は昔から決して飲酒しない。

「お母さんってば‼」

真帆は途方にくれて、もう一度だけ叫んだが、その声は無人の自転車置き場に吸い込まれていった。ふと足元を見ると、黒々としたスロープが生鮮部門のバックヤードに直結している廃棄処理センターの暗がりに続いている。夏場は生魚や肉の腐臭がひどいと聞いたが、マスクのせいもあるのか、今ここの空気は無臭でしんと冷えている。

こちらに帰ってしばらくした頃、幼い日、父を雀荘《ジャンそう》によく迎えに行かされたことを思い出し、二人用麻雀《マージャン》セットをネット購入した。父は普段はテレビばかり見ているが、牌《パイ》がぶつかりあう音がすると、張り切って布団《ふとん》から身を起こそうとする。彼がえげつない勝ち方をする人間であることはすぐ分かった。のんびりした笑みを浮かべていても、実の娘相手でも、攻撃に容赦はしなかった。最初のうち、真帆は面白がって叩《たた》きのめされていたが、あまりにも父が勝敗にこだわり、一度だけ負けた日はリハビリを頑《かたく》なに拒否したので、違和感が芽生えた。

そういえば、父はかつてあれほど遊び廻っていたのに、何故誰一人、お見舞いにこないのだろう。故郷に戻ってきて三ヶ月間、父のもとを訪れた人間はケアマネージャーとヘルパーだけ。この人は変人なのではなく、単に冷酷でわがままなのではないだろうか。その証拠に、いざ、父に向かってなにかしゃべろうとすると、何を言っていいのか、真帆はわからなくなる。あらかじめ言葉を用意しても、彼のニコニコ顔を前にすると出てこなくなる。自分はずっと父側に立ってものを見ていたのだ、と気付いたのは本当にこの一ヶ月だ。考えてみれば、これまでの人生で、深く付き合いたいと思った人たち全員が「マイペースだよね」と笑って、真帆とつかずはなれずの距離にいることを選んだ。

もし、自分が父に麻雀でもう一度勝ったら、もしかすると、真面目な話をする勇気がでるかもしれない、と真帆は最近考えるようになった。母に対して罪悪感はないのか。二人の間にあの頃、何があったのか。だから、真帆は「コンタちゃん」にいる間は暇なのをいいことに、目の前の宙に図を描いていて、牌の打ち方を研究している。他の人には絶対に見えないはずの雀卓《ジャンたく》の中央に、母が突如現れたのが、ついさっきだ。

スロープを降りようとしたその時だった。聞き覚えのあるピアノが流れてきて、真帆は思わず足を止めた。外壁を這《は》っている換気用ダクトから館内のＢＧＭが漏れているようだ。あ、そういえば、この間も聴いた、と真帆は思い出した。リクエストがよくあるのだろうか。知る人ぞ知る名曲なのに。

母の声を我が家で最後に聞いた時も、この曲が流れていたのだ。真帆は中学生で、再放送の「その時、ハートは盗まれた」に夢中になっていた。内田有紀と一色紗英が夜のきらきらしたプールに忍び込んでいる場面で、母は何かしきりに訴えていたが、真帆はいつものように、ろくに聞かずに、うん、うん、とだけ言っていた。エンドロールと「冬の終り」が流れ、ようやく振り返った時、母の姿はなかった。

消息を絶っていたのは半年足らずで、その後、母は祖父母のいる実家に戻った。一人家事に追われるうちに、精神的不安に陥り、長期的な治療を受けることになった。完治するまでは、祖父の小さな会社で事務仕事を手伝うことになった。真帆に申し訳ない、と入院先でそればかりうわごとのように言っていたらしい。離婚が成立した後、祖父母の家で何度か会ったが、彼女が高校生になった真帆を見るなり、泣き出してしまうので、足を運ぶのがおっくうになっていった。捨てられたのはこっちなのに、哀れみを誘うのが、ずるいと思った。父も真帆も、母に悪者にされているようで悲しかった。父は多少反省したようだが、アルコール量はさほど変わらなかった。父方の祖父母と叔母夫婦の助けによって、真帆は何不自由なく暮らした。大学進学を機に一人暮らしを始めてしばらくしてから、母が再婚したと、父方の祖母に聞いた時、冷たいのはそっちの方じゃないか、と真帆は憤《いきどお》った。

廃棄処理センターに降りていくのが急に莫迦《ばか》莫迦《ばか》しく感じられ、真帆は踵《きびす》を返した。あの曲が有線でかかった時、藤田さんが隣にいた気がする。藤田さんは「コンタちゃん」にはもったいないような人材だ。真帆は昔からコツコツ長くやることは得意だが運動神経は悪く飲み込みの早い方ではないので、こんなに暇そうなら自分でもできそうだ、とパートを決めたのだが、藤田さんは暇が嫌で仕方がないらしい。無の中にも「あ、それやっときます！」とすべきことを見つけ出し、しゃかりきに動いていて、常にダスターを握りしめて、リレーのアンカーのようにいつも構えの姿勢をとっている。誰かに似ているんだよな、とずっと思っていたが、今わかった。昔の母にそっくりなのだった。

　あの時、藤田さんは「冬の終り」について、何か言っていたっけ――？　自分ばかりがペラペラしゃべって、呆《あき》れていたかもしれない。彼女の反応を上手く思い出せなくて、真帆はもう一度聞いてみようかな、と思った。忙しがられても面倒がられても、そこは無神経を装《よそお》って、自分から声をかけてみようか。

　北風に混じって、スロープの下の方から生ゴミのにおいが強く立ち上っていて、いつの間にか気温が高くなってきたんだな、と、真帆は顔をしかめながら思った。そして、駐車場を横切り、エントランスから出てくるエコバッグを下げた客たちとすれ違いながら、フードコートに帰って行った。たどたどしいラップ曲が流れている中で、藤田さんが女たちに取り囲まれている。

「冬の終り」from the album『TEARS AND REASONS』（１９９２年）

春よ、来い

川上弘美

川上弘美 Hiromi Kawakami

1958年東京生まれ。1994年「神様」で第一回パスカル短篇文学新人賞を受賞。1996年「蛇を踏む」で芥川賞、1999年『神様』でドゥマゴ文学賞、紫式部文学賞、2000年『溺レる』で伊藤整文学賞、女流文学賞、2001年『センセイの鞄』で谷崎潤一郎賞、2007年『真鶴』で芸術選奨文部科学大臣賞、2015年『水声』で読売文学賞、2016年『大きな鳥にさらわれないよう』で泉鏡花文学賞を受賞した。

永井カナコ　三十八歳

「それで、最後にはみんなしあわせになりました。おしまい」

と終わるお話を、いつもわたしは寝入る時にママから聞かせてもらった。

おしまい。

と言う時のママの声を、今もよく覚えている。みんながしあわせになったはずなのに、なぜだか悲しそうな声だったから。ママは、わたしが二十五歳になった日に亡《な》くなった。まだじゅうぶんに若かったママ。笑い顔がきれいだった。誕生日がくるたびにママのことを思いだすのが、しばらくはつらかった。今は、誕生日とママの命日が一緒なのが、ほんの少し、嬉《うれ》しい。いつまでもママと一緒にいられるようで。

ママは、すべてのことを話してくれた。たとえば、パパとママが出会った時のこと。どんなふうにママとパパが恋に落ち、どんなふうな会話を二人がかわし、どんなふうにはじめて愛しあい、そしてそののち、どんなふうに時間が二人の愛を変えていったのか。

またたとえば、わたしが生まれた時のこと。お腹《なか》にわたしがいるとわかったおりの驚きと喜び。ママの体の中で育ってゆくわたしの不思議。産む時の信じられないくらいの痛み。この世の空気をはじめて吸った瞬間に高らかに響きわたった産声《うぶごえ》。夜中に何回でもわたしにおこされる理不尽さ。一ヶ月前の何割増しかで大きくなってゆく新生児の驚異。

そしてたとえば、毎日の気持ちのこと。朝起きてから寝入るまでの、七色以上に変化するママの繊細な気持ち。持ちこたえられなくなってしまうこともある、それらの豊かすぎる気持ちを、まるでわたしに向かってはきだすことでようやく鎮《しず》められるかのように、ママは毎日わたしに語りかけた。ねえカナコちゃん、今ママはね、かなしいの。うれしいの。こまったの。くやしいの。いりいりするの。踊りだしたいの。にじんでいくみたいなの。ぶちゃぶりたいの。なつかしいの。消えてしまいたいの。

ママの気持ちを聞くことが、わたしはとても好きだった。きりたった山肌にかかる不思議なかたちの虹《にじ》をみるようで。ちっともうるさいとは思わなかった。わたしとママは二人きりの家族で、とても仲が良かった。どんな友だちよりも、恋人よりも、ママのことが好きだった。それは決して健康的なことではないと、忠告されたこともある。でも、好きなものは好きなのだから、しょうがないではないか。

ママは、最後の最後までわたしの「あれ」のことを心配しながら、旅だった。ママの話してくれた「すべて」の中でも、ことに奇妙な、「あれ」である。

衣笠雄大《きぬがさゆうだい》　二十九歳

何考えてるんだかわからない。

という言葉を、今まで何回言われたことだろう。もう少し具体的な言葉としては、たとえば、いつも笑っているような表情なのに、目だけこわい。語尾がはっきりしなくて、感じ悪いし。優しそうにみえて、ほんとうは冷たいんでしょ。実は自分のことしか考えてないんじゃないの？　などなど。

どれも、今までつきあった女の子たちに言われた言葉だ。とほほである。

たしかにぼくは、口があまりうまくない。何かを断定することが苦手なので、語尾はあいまいだし、相手に敵意をもたれたくないから、いつもにこにこしているよう心がけている。自分のことだけ考えてるなんてことはないつもりだけど、自分のことよりも他人のことばかり考えてる人間なんて、マザー・テレサ以外にどのくらい世界にいるんだ？

女の子たちは、ぼくが優しそうだから、ぼくのことを好きになるらしい。そして、ぼくが優しいままだから、ぼくに飽きるのだ。

会社では、でも、ぼくはけっこう人間関係がうまくいっている。と、この前までは思っていた。

ところが、給湯室の前を通ったら——今どき給湯室がある少し時代遅れな会社にぼくは勤めている。そして、少し時代遅れなだけあって、お茶くみをするのもいまだに女子社員が中心だし、そうなると給湯室での噂《うわさ》ばなしにも花が咲くわけだ——彼女たちがぼくのことを話してるのが聞こえてきてしまったのだ。

衣笠さんって、八方美人だよね。でも上司には好かれてるでしょ。女子の評判も悪くないよ。いやいや、ああいうのが、最後にはうまく行かなくなるんだって、有原氏が言ってたよ。えー、けっこうあたし、衣笠さん好きなのに。いやあ、出世は、しないんじゃないかなあ。

「有原氏」というのは、ぼくと同期の出世がしらだ。それこそ直属の上司に大いに気に入られ、仕事でもプライベートでも濃い関係をもっているみたいだ。このあたりも、ぼくの会社の時代がかった感じをあらわしているような気がする。「部内は家族のように」と、ぼくのいる営業部の課長はしょっちゅう言っている。

ぼくは、給湯室の女子社員たちが言うような「八方美人」では、決してないつもりだ。ぐずぐず黒いことも考えていたりする。ぼくが嫌いな奴《やつ》（有原も、もちろんその一人なわけだけど）が、ある日どこかに行方不明になってしまえばいいとか。ぼくに飽きて去っていった彼女たちが、ぼくよりもだめな男にしか今後縁がないといいとか。

でもまあ、そのくらいの想像が、ぼくの限度だ。ぼくが小心だっていうせいもあるけど、もう一つ、ぼくには誰にも言えない「あれ」があるからだ。

「あれ」は、父から受け継いだ、いわば門外不出の我が家の口伝、みたいなものだ。

「あれ」を実行するのがいつになるのか、ぼくにはまだわからない。ただ、いつかきっと、ぼくは「あれ」を行うことになるだろう。そしてそれは、少し気の重いことなのだ。

上原多英《たえ》　十三歳

草平さんは最近少し元気がない。どうしてって聞くと、あたしの元気がないからだって言う。

草平さんはあたしのおじいちゃんだ。あたしは三年前に父さんと母さんを事故で亡くした。その時あたしは小学生で、二人はヨーロッパに行っていたのだ。父さんは学者で、秋に学会がパリで開かれたので、母さんもいっしょについていった。ほんとうはあたしも連れていってもらえるはずだったんだけれど、小学校を十日も休むのはやっぱりまずいんじゃないかって母さんが心配して、結局あたしは旅行には行かず草平さんのところにあずけられたのだ。

学会が終わってレンタカーでドイツに入国した時に、二人は事故にあった。おそうしきにはたくさん人が来た。二人ぶんだったし。ドイツでエンバーミングというものをしてもらった二人は、まるで生きているみたいだった。あたしは泣くことができなかった。おそうしきが終わってから、なりちゃんがあたしのあたまをぎゅっとだいてくれた時、はじめて少しなみだが出た。でも、ほんの少しだった。

いまだにあたしは父さんと母さんのためのなみだが出きっていないような気がする。

中学生になってからも、あたしはしょっちゅう父さんと母さんの夢をみる。起きると、胸がものすごくどきどきしている。そんな時には、あたしはなりちゃんの部屋に行って、ブタのスノードームをじっと見る。なりちゃんはあたしの父さんの妹、つまりあたしのおばさんで、スノードーム作家だ。ブタのスノードームは、中に三匹の子ブタがいる。わらと木とれんがの小さな家もある。ブタと家がぎちぎちにつまった半球をさかさにふって、ブタたちと三つの家に雪をふらせると、あたしの胸のどきどきはおさまる。

「多英ちゃんは早起きだね」

なりちゃんはねむそうにそう言って、またすぐにふとんにもぐる。夜がたなのだ。あたしはほっとして、草平さんが朝ごはんのしたくをしている一階へと、とんとん下りていく。

永井カナコ　三十八歳

結婚しないの？　という質問をめっきり受けなくなってから、数年たつ。たぶん境目は、三十五歳だった。

結婚は、もちろんするつもりだった。わたしにはとても好きなひとがいた。週末ごとに会って、会えない日は電話して、電話できない時は長いメールを書いて、メールを書く暇のない時にはその日に撮った小さな花や空の雲や会社でおすそわけにもらったおまんじゅうの写真を送った。あんまりずっとあのひとと一緒にいたので、歩きかたや口癖まで似てきた。

「カナコとは、同じものを見ていられるような気がする」

あのひとは、いつも言っていた。互いの顔を見つめあうのではなく、同じ方向を見ていることが何より嬉しいんだ、と。

終わりのはじまりは、いつだったろう。たぶん、あれはわたしの誕生日の夜。あのひとと待ち合わせたお店のテラス席にいた、目の見えない女の子。両親らしき中年のおだやかそうな男女と共に、テーブルを囲んでいた。きどらないイタリアンのお店だった。でも、いいワインを置いてあった。女の子は、慎重にナイフとフォークを使っていた。目が見えないことがわかったのは、足もとに盲導犬がいたからだ。盲導犬も、女の子の両親と同じようにおだやかな顔つきをしていた。

じっと女の子を見つめているわたしに、あのひとは不審そうな顔をした。

「そんなにじろじろ見ちゃ失礼だろう」

「あ、ごめん」

いったい今わたしは誰に謝っているのだろうとかすかに思いながら、反射的に言っていた。

わたしは、女の子が盲目であることに対して好奇心を抱いていたのでは、決してなかった。けれど、どうしてもわたしは女の子の方を確かめずにはおられなかったのだ。だってママはいつも、「あれ」に関しては、こう言っていたのだから。

「願いは、誰かがしあわせになるために、使ってちょうだい」

と。

テラス席の女の子は、今すでに幸福そうに見えた。両親も盲導犬も女の子を大切に守っているにちがいなかったし、店の客たちの中でぶしつけに女の子を見ているのは、わたしくらいなものだった。

「まだ見てる」

あのひとは、半分冗談のような口調で、またわたしを諭した。うん、彼女はきっと、不幸じゃない。わたしは心の中で確認し、あのひとへと向き直った。

その夜、あのひとは誕生日プレゼントにピアスを贈ってくれた。銀色の、繊細なピアス。指輪ではなかったことに、ほんの少しがっかりしたことを決してけどられぬよう、わたしは極上の笑顔をつくってありがとうを言った。

衣笠雄大　二十九歳

ぼくは掃除が好きだ。

休みの日にははりきって、隅から隅まで部屋をきれいにする。興がのると、冷蔵庫の中やクローゼットがわりにしている押し入れの奥の奥まで拭《ふ》きあげ、ついでマンションの廊下まで掃き始めてしまう。この前の土曜日も、カーテンを全部洗いあげて、ついでにベランダを盛大に掃いていたら、隣に住んでいる女の子が、ベランダから首をつきだして眉《まゆ》をひそめながらこちらを覗《のぞ》いてきた。

「こんにちは」

できるだけ明るい声で、ぼくは言った。女の子はびくっとして、首をひっこめた。こういうところが八方美人と言われるところなんだろうなと思いながら、ぼくは掃除を続けた。

明日の日曜日は東急ハンズに行って掃除グッズを見てみよう。女の子の冷たい表情を忘れようとして、ぼくはいそいで頭の中で計画をたてる。油断すると、この前給湯室前で立ち聞きしてしまったことや、昔ぼくをふった女の子たちとの記憶が、ばあっと吹きだしてきそうだった。

　ちょうどその時、部屋の中から、もー、という音がした。

　スマホの呼び出し音だ。衣笠さんって、水のせせらぎとかを呼び出し音にしそうなのに、牛なんだ。いつか会社の女の子に言われた。そうなんだよ、牛なんだ。答えると、女の子は笑った。それがきっかけで、何回か夕めしに行ったけど、そのうちに連絡しても返事がとぎれがちになって、最後にはまったく返事は来なくなった。どうやら彼女はぼくには興味が持てなかったらしい。

「悪いことしてないか」

　電話は、父からだった。

「ぼくが悪いことのできる男にみえる？」

「うーん、まあ、無理かもな」

「で、なに？」

「ちょっと相談にのってほしいことがあって」

　そのあと、父は少しの間黙りこんだ。

「もしかして、『あれ』と関係ある？」

ぼくは小さな声で聞いてみる。

「ま、そんなところだ」

「まさか、悪いことしようとしてるんじゃないよね？」

「わからん」

「わからん？」

日曜日、ぼくは東急ハンズではなく実家に行くことになった。父はきっと、ついに「あれ」を決めたのだ。でも、いったいどんなふうに？

上原多英　十三歳

中学校は少したいくつだ。なぜなら、あたしが大好きなものに、みんなはぜんぜんきょうみをもっていないみたいだから。

あたしは、冬のはじめにふる雨が好き。秋の終わりの、さみしい虫の声が好き。夏から秋へとうつってゆく時の雲が好き。初夏の若葉のまぶしさが好き。春に入ったばかりのころに上からふってくる梅の花のにおいが好き。お正月のしんとした静かな広い道が好き。

こういう話をしようとしても、誰ものってくれない。学校は、なんだかいつもゆれているようなところだ。そして、そのゆれに乗れないあたしのような子は、学校という平らな板からふり落とされて、その上でゆらゆら楽しそうにしている子たちをぼんやり見ているしかないような場所。

　でも、学校が、あたしはすごくきらいっていうわけではない。友だちも、少しだけど、いる。一人は理科室の深海《ふかみ》さん。深海さんは中二で、放課後の火曜日と木曜日に、いつも理科室で実験をしている。ほんとうは理科クラブを作りたかったらしいんだけど、メンバーが集まらなかったそうだ。

「ポスターとか作ったんですか」

と聞いたら、深海さんは笑いながら、まさか、って答えた。だって私、ほんとはみんなで実験とかしたくないもの。一人が楽ちん。ただ、予算がつくからなあ、クラブになれば。それに、実験をするのに先生の許可をとるのも、けっこうめんどくさいんだよ。

　あたしが理科クラブに入りましょうか、って聞いたら、深海さんはまた笑って、

「だって上原さんは理科は苦手だし」

と言った。当たりだ。でも、深海さんにそのことをうちあけたことはなかったのに。

「どうしてわかるんですか」

「観察してれば、わかる。理科が苦手じゃない人間は、まずわたしの実験の意味をたずねるはず」

「中二の人のしてるこみいった実験のことなんか、中一のあたしに聞けるわけないじゃないですか」

「だいいち上原さんは、実験がこわいでしょ。火を使ったり薬品をまぜたりしてると、こっそり遠ざかるし」

それも、当たりだった。深海さんのことを、友だちと言っていいのかどうかほんとうのところはわからないんだけれど、深海さんのそばにいると、あたしは息がしづらくない。

もう一人の友だちは、ウサギのシズカ。校庭のウサギ小屋にいる五羽のウサギの中の、いちばん小さなやつだ。シズカという名は、あたしが勝手につけた。シズカはいつも小屋のすみっこにいる。だから、話しかけやすい。話しかけてもシズカは何も答えないけど、あたしの目をじっと見つめ返してくれるから、それでいいのだ。

教室でいつも一人なことがさみしくなった放課後には、あたしは深海さんをたずねるし、教室でいやないじられかたをした時には、シズカのところに行ってなやみを聞いてもらう。毎日は少したいくつでぜんぜん楽しくはないけど、死ぬほどつらくもない。

永井カナコ　三十八歳

あのひとは結局、わたしのことを偽善的だと思ったのだろう。

誰かに同情することと、下世話な好奇心をもつことは、違うことなんじゃないかなあ。

いつか、遠慮深い口調だったけれど容赦なく、あのひとが言ったことがある。

目の見えない女の子をレストランで見たあと、しばらくしてからあのひとはわたしをボランティアに誘った。大学時代から身軽にいろいろなボランティアのＮＰＯに出入りしていたあのひとは、わたしにも一緒に行動してほしいのだと、率直に言った。

もちろん。わたしはすぐに承知した。最初に行ったのは、子ども食堂だった。事情がある子どもたちのための食堂である。寄付された食料を仕分けする作業の合間に、わたしは食堂にやってくる子どもたちをひそかに観察した。この中でいちばん不幸な子は、どの子だろう。そんな気持ちで子どもたちを見ていたことは、否定しない。だって、わたしは「あれ」の力で、誰かを幸福にしたかったのだから。

あのひとは、すぐに子どもたちへのわたしの少しばかり執拗《しつよう》な視線に気がついた。

「そんなに見ないで、もっと自然にしてて」

耳打ちされた。

「見てない」

「いやあ、見てるよ」

男の子が一人、そばに寄ってきた。仕分けをじっと眺めている。あっちで遊ばないの？　あのひとが聞くと、男の子は無言で首を横にふった。この子のこと、なんだか好きだなあ。わたしは思った。わたしが仕分けをしているのを見ている目が、わたしが誰かを観察する目と似ていたからかもしれない。

ボランティアからの帰り道、あのひとはわたしに言った。

「あの子、ちょっとへんだったね」

「え、どこが」

「きみのこと、しつこく見てた」

「そうだった？」

あれは真剣に誰かを求める目だった。でも、あのひとにはきっと、そのことがわからなかったのだ。たぶんあのひとは、何かを求める必要のない人生を送ってきたにちがいない。

それからも何回か、あのひとといくつかのボランティアに行った。そのたびに、あのひとはわたしがそこにいる人たちを観察することを、遠回しにとがめた。そして、最後に「下世話な好奇心」という言葉がでてきたのだった。

わたしはただ、ママに言われたことをかなえたいと思って、観察していただけなのに。

「あなたはね、ほんとうの願いを一つだけ、かなえることができるの。それが、わたしたちの血筋につらなる者たちの持っている『あれ』の力。わたしも、一つだけ願いをかなえたわ。それは、とても重いことだった。どうかまちがわないでね、何を願うかを。よく見て、よく考えて、そしてよく実行してね」

最期《さいご》の時に、ママは言っていた。うん、約束する。わたしは答えた。

安心したようにママは枕《まくら》に頭を落とし、それからほどなくしてから、旅だったのだった。

衣笠雄大　二十九歳

父はぼくにワインをすすめた。

「南アフリカの、値段にしてはとびきりうまいワインなんだから」と。

ぼくはあんまりお酒を飲まない。味は好きだけど、たくさん飲むのは、なんだか違う気がする。

「つまんない奴だなあ」

父は、ぼくの会社の、父と同世代の上司たちと同じ調子で非難した。つまんない奴で結構。有原のようには、ぼくは年上の酒飲みたちにはつきあえない。

「で、ついに願いをかなえることにしたの？」

ぼくは聞いた。父が酒を飲み始めると長くなるので、まだ酔っていないうちに早く話を聞いて、帰りたかったのだ。

　願いをかなえる力がある。

というのが、我が家に伝わる「あれ」なのである。

昔から、ランプの魔神に三つの願い事をかなえてもらう、とか、悪魔に願い事をかなえてもらうかわりに魂を売る、とかいう物語があるけれど、ぼくや父にかんする

「願いをかなえる」は、そんなたいしたものではない。

　ぼくがまだ小学生の時に、父は「あれ」、つまり「願いをかなえる力」についての条件を、ぼくに伝えた。

　その一。かなう願いは、一つだけ。

　その二。自分のことを願っても、かなわない。

　その三。よく知っている者たち——血縁、友だち、恋人——などに関しての願いも、かなえられない。

　その四。地球を救ったり世界を滅ぼしたり、といった大規模な願いも、かなえられない。

　この四つの制約はあるけれど、父、そしてその血筋につらなるぼくは、生涯で一つだけ、自分の願いをかなえることができるのだと、父は説明したのだった。

「は？」

　というのが、ぼくの最初の反応だった。

「自分や自分の知り合い以外についての願いなんて、思いつかないよ」

「おお、そっちから来たか」

　父は、感心した。父が最初に「あれ」について、父の父から聞いた時には、願いごとの条件うんぬんよりも、まず最初に「願いがかなうなんておとぎ話みたいなこと、ありえるわけないじゃん」と思ったそうだ。

「願いごとがかなうって聞いても疑いを持たないなんて、おまえ、人にだまされやすいんじゃないか？」

父は言い、心配そうな顔でぼくを見た。

「だましてんの？」

「いいや」

「じゃあ、願い、かなうわけでしょ、一つは」

「まあ、そういうことになるけど、でもやっぱりおまえ、だまされやすい感じで心配だなあ」

そして、だまされやすいぼくは、だまされにくい父（自称）のもとで、すくすくと成長し成人し就職し独立し、今に到《いた》る。

願いごとを一生しないまま終わった血族も多いのだということも、伝わっている。それは、なんとなく納得できる。一生にただ一つの願いごとなのだから、使わずに大事にとっておいて結局は最後まで願いそびれてしまうのも人情だろうし、自分のためにも大切な人のためにも使えない願いごとなのだから、何を願っていいのかわからない場合もあっただろう。それならば地球上から戦争がいっさいなくなりますように、などと願おうとしても、そういう大規模な救世主的なことはかなわないとされてしまっている。

「で、いよいよ父さんは願いごとを決めたの？」

今日の父を訪ねたいちばんの目的は、その願いごとを聞くためだったことを思いだして、ぼくは訊《たず》ねてみる。

「うん」

「どんなの」

「メキシコの麻薬王が自然死するように願う」

「げっ、デスノートかよ」

それって、地球全体を救う規模の願いではないけど、もしかすると一つの国を救うくらいの規模はあるんじゃないかと、ぼくは内心でとっさに思ったし、だいいち人が死ぬよう願うのって、どうなんだろう。

「だからおまえは、悪いこと一つできないんだよ」

父は、見くだすような調子で決めつけた。

「悪いことなんか、したくない」

「じゃあおまえは、いいことだけしたいのか？　え？　いつもすまし屋みたいな顔して」

なんで父にこんなふうにばかにされなきゃならんのか、さっぱりわからない。素直じゃない世代なんだよ。あわせとけばいいじゃないか。有原ならそう言って、自分が思っていなくても平然と父に同調してみせそうだったけど。

たしかに、「いいこと」を願うのは、なんだか違う、という気が、ぼくもしている。でもそれは、父の言うような、「いいことを願うっていうのは、かえって怪しい。人間くさくなくて硬直している」という理由からではない。いいことを願ったつもりになっていても、それがほんとうにいいことなのかわかったもんじゃない、という理由からだ。

「もう、願ったの？」

思ったことは口に出さず、かわりにぼくは父にそう訊ねた。

「今この瞬間、強く願った」

「そりゃあ、よかった」

父はすでに南アフリカのワインを一本あけていた。顔がかすかに上気している。よっぱらったせいなのか、今さっき「あれ」を成就《じょうじゅ》したつもりなせいなのかは、わからないけれど。

翌日朝起きてすぐにネットを調べてみたけど、メキシコの麻薬王の死亡記事は、どこをさがしてもなかった。やっぱり、願いの規模が大きすぎたのだ。「あれ」、まったくもって、使えないなあ。

上原多英　十三歳

草平さんが、苗場に行こうと言った。

「なえばって、どこ？」

あたしが聞くと、草平さんは目をまるくして、

「なにも知らないんだなあ」

と答えた。

「知ってるわけないじゃん」

横からなりちゃんがあたしをかばってくれる。

苗場は、スキー場の名前で、毎年冬にユーミンのコンサートが開かれるのだそうだ。

草平さんは、ユーミンの大ファンだったおばあちゃんと一緒に、チケットがとれた時

はいつも苗場のコンサートに、とまりがけで行っていたのだそうだ。苗場のコンサートが開かれるようになったのは、おじいちゃんとおばあちゃんが結婚したあとで、毎年その時期には、なりちゃんとなりちゃんのお兄さん——つまりあたしのお父さん——は、近所の友だちの家におとまりしておるすばんしたのだという。

「ユーミンを聞きに苗場プリンスに行く時には、子どもは連れていかないものさ」

草平さんは、言った。

「でも、中学生になったら、連れていってくれたよね」

「高校生になったら、もう一緒に行かなくなったくせに」

「だって高校生は忙しいからさ」

草平さんとなりちゃんはのんびりとやりとりしている。

おるすばん、という言葉を聞いて、あたしは父さんと母さんのことを思いだしてしまった。なりちゃんは、おるすばんをしたあと、ちゃんと両親が帰ってきたんだな、と思った。帰ってきてよかったよね、とも。それから、うらやましくて少しねたましいな、とも。

「最後に行ったのは、万里《まり》が亡くなる前の年だったなあ」

「うん、あの時は、わたしも一緒に行ったよね」

万里、というのは、おばあちゃんの名前だ。おばあちゃんは、五年前に病気で亡くなったのだ。あたしの父さんと母さんが亡くなった年の、二年前だ。万里が生きていなくてよかったと思ったのは、はじめてだな。父さんと母さんのおそうしきのあとで、草平さんが小さな声で言っていた言葉を、あたしは今もはっきり覚えている。

「苗場は、いいぞう」

草平さんは言った。

「なえばは、いいの？」

あたしが聞くと、なりちゃんも、

「苗場のコンサートに行くと、気が大きくなるよ」

と言った。気が大きくなる、っていう言葉がおかしくて、あたしは小さく笑った。

その夜は、みんなでグリーンカレーをつくった。ものすごくからくて、そのからさがまたあたしはおかしかった。久しぶりに、何回か笑った日だった。

永井カナコ　三十八歳

あのひとが結婚したという噂は、五年前に聞いた。調べるつもりはなかったけれど、ネットというものがあるおかげで、結婚後二人子どもがうまれたこと、上は女の子で下が男の子であること、奥さんの趣味はスイーツづくりであることを、わたしは知っている。

「元気？」

というラインがせりなから来たのは、先週のことだった。せりなは、高校のころからの仲良しで、わたしと同じく結婚していない。会社は、アパレル関係。一年に何回か一緒に飲みに行く。せりなはわたしとちがって恋愛に積極的だから、いつもわたしはせりなの話を興味深く聞く。

　ポルトガル料理のお店で待ち合わせた。

「で、カナコは好きなひとできた？」

のっけから、せりなはずいずいと聞いてくる。

「できない」

素直に答えると、せりなはグラスに残ったグリーンワインをかぱっと飲み干してから、

「どんな人ならいいの」

と聞いた。合コンしよう。カナコにあいそうなひと、いくつかみつくろうから。そ

う続ける。

「いくつかみつくろうって、ドレスの試着じゃあるまいし」

「試着みたいなものよ、合コンは」

「苦手だもん、合コン」

「合コンが苦手じゃない男や女って、あんがい少ないんだよ」

せりなは真面目《まじめ》な顔で言う。だって、合コンって結局、互いを値踏みしてアピールする競技でしょう。そんなのが好きな人間って、スポ根マンガに出てくるようなタイプの人間だけだから。

せりなのその言葉に、わたしは笑ってしまう。会社の、合コンが大好きな二十代の女の子たちのことを思い浮かべたからである。ロッカールームで、彼女たちはまるで風に鳴るガラスの風鈴のように、透明できらきらした笑い声をたてては、昨夜の合コンの「反省会」をする。可憐《かれん》な声で検討される「反省点」は、存外辛辣《しんらつ》で、わたしは実は彼女たちのそのやりとりを聞くのが好きなのだけれど、もちろん表情に出したりはしない。

なるほど。彼女たちは、たしかにスポ根マンガの登場人物のごとく、誰もがそれぞれの得意技をもっていて根性と体力があって、失敗を怖《おそ》れない。同じ二十代の女の子でも、根性体力に欠けていそうなタイプの子もいて、彼女たちは最初はつきあいで合コンに参加したりもするけれど、そのうちにフェイドアウトしてゆく。そして、不思議なことに先に結婚するのは、たいがいフェイドアウトする彼女たちなのだ。

「合コンは苦手なのに、なぜわたしは結婚できないんだろう」

ほおづえをつきながら言ったら、せりなは大きく頷《うなず》いた。

「そうなのよ、カナコみたいな子は、すぐに結婚方面に走っちゃいそうなのに、まだしてないのがへんなんだよなあ。実は結婚はしたくない、とか？」

結婚はしたくない。そうかもしれない。ママとパパだって、最初は愛しあっていたのに、別れてしまったのだ。あんなにすてきなママだったのに。もしかするとわたしは、結婚が怖いのかもしれない。

「鱈《たら》のコロッケ、食べようよ」

せりなが言った。食べよう食べよう。言いながら、二人で手をあげ、お店のひとを呼んだ。あのひとは、今ごろ何をしているのだろう。などということは、実は、それほどしばしばは考えない。あのひとは、もう遠いひとだ。妻と二人の子どもがいて、休日には家族でバーベキューをし、趣味のバス釣りにたまに行く日々。あのひとが好きだったボランティアのことは、あのひとのＳＮＳにもあのひとの妻のものにも、いっさい出てこない。公表するようなことではないからなのかもしれないけれど。

　公表していないだけで、今も暇をみつけてボランティアに行っているのだといいなと、わたしは心から願ってしまう。でもきっとこれは、あのひとのためではなく、あのひとを好きだった自分のためにだ。やっぱりわたしは、偽善的なのかもしれない。

　　衣笠雄大　二十九歳

　父がうるさい。早く願いごとを決めろと、ぼくにせっつくのだ。

「暇なの？　会社で閑職にでも異動させられたの」

と聞くと、父は妙に素直に、

「うん」

と答えた。今日は土曜日だ。電話なんてほとんど誰ともしないけれど、父からは二週間に一回くらい電話がかかってくる。めんどくさいと思いつつ、たまに声を出して誰かとたわいのないことを喋《しゃべ》るのは、まあ悪くないとも思う。

「暇なら、何かはじめたら。ジムに通って筋肉つけるとか。ほら、ロコモとかいう言葉もあるじゃない」

「筋肉は、おまえにまかせた」

「ぼくの筋肉は、しょぼいよ」

「だから今からトレーニングしとけ。掃除しながら鍛えるっていう動画をこの前みつけたから、今度ラインに貼《は》っとく」

「いらん」

ぼくの人生は、今のところそう悪くはない。給湯室で噂はされていたけど、表だっていやがられたりはしてないし、恋人は今はいないけど、ものすごくほしいわけでもないから、ぜんぜんかまわないのだ。

「おまえはさあ、どうしてもかなえたい願いって、ないの？」

　唐突に父が聞いた。

「だって、自分のことは願えないんでしょ」

「ちがう、『あれ』とは無関係に、自分のために、純粋に、どうしてもかなえたいことだ」

　しばらく、ぼくは考えた。かなえたいこと。それも、自分のことで。

　そういえばよくよく考えてみれば、「あれ」について聞いてしまってから、ぼくは自分の願いについて考えるということを、しなくなっていたような気がする。

ちょっとだけしてみたいことは、あった。ダンスをかっこよく踊れるようになるとか。あとはパタゴニアに行くとか。でもまあ、強い願いじゃあない。一生をダンスや旅にささげる、とかいう気持ちもない。

それじゃあ、出世するとか、熱烈な恋をするとかは？

出世には、そもそもあまり興味がない。有原のようにたちまわらなければ、会社では出世できないとしたら、出世の結果ついてくるご利益《りやく》よりも、たちまわるめんどくささの方がまさっているような気がする。

熱烈な恋については、まだしたことがないのでわからない。でも、熱烈っていう感じが、ぼくは少し苦手なのだ。熱の高い雰囲気の父親をもっているせいかもしれない。

「自分の記念碑のようなものを、この世界に残しておきたいとかは、思わないのか？」

沈黙しているぼくに、父は重ねて聞いた。

「記念碑」

そういえばぼくは、古墳が好きだ。記念碑は古墳じゃないけれど、少し似ているかもしれない。

「記念碑は、いいかもしれないなあ」

「おお、そうか」

父は嬉《うれ》しそうな声をだした。いつもやる気のないぼくが、珍しく自分と同じような意見をもったのだと勘違いしたにちがいない。

上原多英　十三歳

ただでさえしんどい学校での毎日が、このごろますます大変になっているのは、深海さんがもうちょうで入院しているからだ。

週に二回の、たった三十分ほどの深海さんとの時間が、どんなにあたしを助けてくれていたか、深海さんがいなくなってから、よくわかった。

あたしは、ますます一人ぽっちだ。

深海さんがいない不安にあたしがふるえていることを、クラスの子たちはびんかんに感じている。そして、いまやはっきりとあたしをこうげきしはじめていた。

あたしはウサギだ、と思った。

野ウサギが住んでいた穴からにげだすお話を、あたしはこの前読んだばかりだ。野ウサギたちは、敵からにげるために、走って走って、そして最後には新しい場所にいきつくのだけれど、あたしは野ウサギたちのように走りきることなんて、できそうになかった。

　こんな時に深海さんのスマホの番号を知っていたらよかったのにと思ったけど、深海さんもわたしと同じ感じにみんなからとりのこされているタイプだから、スマホは持ってないような気がする。

　今日は、あたしの机の中に、「じじいださい」と書かれた紙が入っていた。先週、授業参観があって、草平さんが来てくれた。「じじい」っていうのは、たぶん草平さんのことだ。草平さんは授業が終わったあとで、先生に質問したのだ。

「さきほど、物語の主人公の心情を、怒っている、とおっしゃいましたが、この複雑な主人公の心情を、そのような単線的な言葉で言いきれるものなのでしょうか」

　草平さんの言葉に、先生はいっしゅんだまりこんでしまった。やめて草平さん、とあたしは心の中でさけんだのだけど、草平さんはお茶飲みばなしでもしているみたいに、みんなが注目する中で、のんびりした顔で先生の答えを待っていた。

「授業は終わったので、もしお話があるのでしたら、廊下でしましょう」

　先生は早口で言って、教室から出ていってしまった。草平さんは、ぽかんとしていた。参観に来ていた親たちも、ざわざわしながら教室から出ていった。草平さんだけが残って、しばらくの間ぽかんとしていたけど、そのうちに草平さんも出ていった。

「なにあれ」

クラスの女子たちがくすくす笑って、あたしの方を指さした。ショートホームルームのあと、草平さんはこんだん会に出るためにまた教室に入ってきた。あたしの方に向かって、小さく手をふった。あたしは、ふり返さなかった。

翌日から、ただのいじりや軽い無視じゃなく、本格的ないじめとシカトが、始まった。

永井カナコ　三十八歳

「結婚を前提におつきあいしませんか」

青天の霹靂《へきれき》のように、先月言われた。一ヶ月に一回ほど会社に営業にくる保険会社の千崎さんからである。ひとが十人いたら、最後まで名前を覚えてもらえないような感じのひとだ。嫌われるような何かはないけれど、これといった人目をひく何かもない、というような。

お昼を食べに一人で会社を出たところで、千崎さんとばったり会ったのだ。お昼、一緒にどうですかと言われ、つい頷いた。こういう時、わたしはほぼ断る質《たち》なのだけれど、なぜだかこの時は、十分後に千崎さんとラーメン屋で鶏《とり》塩ラーメンを食べていた。

それから二回、「偶然」お昼ごはんを一緒に食べ、金曜日の夜に会社がひけた後にはじめて待ち合わせをして、焼き鳥を食べにいったところで、結婚を前提に、と言われたのである。

「まだお互い何も知らないのに、結婚を前提というのは、へんなんじゃありませんか」

わたしは答えた。

「そういえば、そうですね」

千崎さんは言い、頭をかいた。

「永井さんは、結婚についてはどう思っていらっしゃいますか」

「結婚」

ずっと結婚については考えないようにしてきたのに、このところしばしば結婚というものについて考える機会があるのは、不思議だ。世間的にいえば結婚しざかりの、三十前後のころは、「結婚」という大きな囲いからはずっと離れた、奇妙に自由な場所をただよいつづけていたというのに。

「ぼくは、いつか結婚したいと思ってます」

「わたしは……」

せりなと飲んだ時のことを、わたしは思いだす。もしかすると自分は、結婚が怖いのではないだろうかと思いついた、あの時。

「カナコさんと一緒にものを食べるのは、楽しいです」

答えあぐねているわたしに、千崎さんは言った。さっきまで名字で呼んでいたのに、名前になっている。そういえばあのひとは、わたしのことを、カナ、と呼んでいた。

「千崎さんは、ちょっとせっかちですか？」

名前を呼んだことを少しばかり非難する気持ちで、わたしは言ってみる。

「カナコさんのこととなると、せっかちなのかもしれません」

「女のひととつきあうことに、慣れてるんですね」

「ええっ、違います、ぜんぜん慣れてません、大学時代につきあった彼女と別れてからは、十五年以上誰ともつきあってません。あの時内乱の指揮をとっていたとしても、今この時点ではもう裁かれることはありません」

「は？　内乱の指揮？」

「はい、内乱の指揮をとった罪は、十五年で時効になります」

「なんでそんなこと知ってるんですか」

「法学部だったので」

千崎さんは、思っていたよりもなんだか面白そうなひとだった。結婚を前提に、は、やめてもらったけれど、これからも一緒にご飯を食べにいく、という約束は、この日無事にわたしたちの間にかわされたのだった。

衣笠雄大　二十九歳

社内政治、という言葉を聞いたことはあったけど、まさか自分がそんなものに関わる時が来ようとは思ってもみなかった。

ぼくの会社はオーナー社長が経営していて、次期社長は社長の一人娘の夫だと言われていたのだけれど、その夫と同い年の社長の甥《おい》が、今の体制に反旗をひるがえしはじめたのだ。下《した》っぱのぼくは、社長の娘婿《むすめむこ》と甥の対立を聞いても、へえ、としか思わなかったけど、有原のせいで、なぜだか社長の甥派の勉強会に出席することになってしまったのだ。

勉強会とは名ばかりのもので、ようするにそれは社長の甥にいかに忠誠を誓うかを確かめるための集まりだった。まず居酒屋で酒を飲んでから、クラブになだれこんだ。居酒屋までは十人くらいメンバーがいたのだけど、クラブまで行ったのは、社長の甥、有原、ぼく、そして専務の門田さんの四人だけだった。

「ここ、キャバクラじゃなくて、クラブなんだよ」

有原が、真面目な顔で教えてくれた。そもそもキャバクラにも行ったことのなかったぼくは、きょろきょろと薄着の女の子たちを見まわすばかりだった。

「好きな女の子を指名するといい」

社長の甥は言って、自分も「好きな女の子」を呼んだ。男四人に、女の子が四人つき、グラスのお酒が少しでも減ると、どんどんつぎたされた。もしかして、ぼくは今オルグされているんじゃないかと危ぶんだ。オルグ、なんていう古い言葉を知っているのは、父のおかげだ。昔おれが民青にオルグされた時はなぁ、という話を、百万回くらい聞かされていたのだ。父が学生だったころはすでに学生運動はすっかり下火になっていたけれど、それでも「革マル」「民青」といったグループが学内にはひそかに残っていて、分子を獲得せんと動きまわっていたそうなのだ。

「帰りたいんだけど」

ぼくは有原にこっそり言った。

「もうちょっと待て」

有原は小声で答えた。

女の子たちは座を盛り上げてくれたけれど、ぼくは居ごこちが悪くて、酒を飲みすぎた。ようやく店を出て社長の甥と専務がタクシーに乗りこんだあと、有原はぼくをじっと見て、言ったのだ。

「これからも同じ方をめざそうな」

同じ方？　ぼくはびっくりしたけど、よっぱらっていたので、うまく言い返せなかった。終電は混んでいて、スマホのゲーム音が、どこからか小さく聞こえていた。

上原多英　十三歳

深海さんは退院してきたけど、もうあたしは深海さんのところへは行けなくなってしまった。なぜなら、毎日のいじめにつかれきってしまったから。

深海さんのことを、あたしは友だちだと思っている。深海さんが同じように思っているかどうかはわからないけど、でも、あたしがそう思ってるのだから、どっちでもいい。

あたしが弱っているところを見せたら、深海さんはきっと困ってしまう。同じ学年じゃないとはいえ、いじめにあっている子となかよくしているところを知られたら、深海さんもいじめにあってしまうかもしれないし。友だちには、そんな目にあってほしくない。

あたしが学校の中でほっとしていられるのは、今はもうシズカの小屋の前だけだ。小屋は校舎からも体育館からもはなれていて、このあたりまではだれもやってこない。

「ねえシズカ」

あたしはシズカに話しかける。

「シズカは、うわばきをかくされたりとか、教科書にくだらないらくがきされたりしたこと、ある？」

シズカは、じっとあたしの顔を見つめた。ウサギの目は、少しこわいなと思った。

「教科書があったら、シズカは食べちゃうか。いや、それはヤギか。シズカは、ここにいられなくなったらどこに行くの？」

シズカは、じっとあたしの顔を見つめていた。

「野ウサギみたいに、自由にどこかへ走っていけるかな、シズカは」

突然シズカが、えさ箱《ばこ》のうしろにかくれた。校庭の土をふむ足音が、うしろから聞こえる。あたしは立ち上がることができなかった。

「ウサギにしゃべってる、笑える」

「キモ」

「ウザ」

「死んだら」

どこかで聞いたことのあるような短くてらんぼうな言葉が、しゃがんでいるあたしの上にふってくる。死んだら、という言葉が、中ではいちばん日本語らしいなあと、あたしはぼんやり思った。

あたしがふりかえらないうちに、うしろの気配は遠ざかっていった。

「死ぬのって、ものすごく痛いし悲しいってこと、あの子たちは知ってるのかな」

えさ箱にまだかくれているシズカに、あたしは話しかけた。シズカはその日は、えさ箱のうしろから、もう出てこなかった。

永井カナコ　三十八歳

千崎さんのことを好きになるのに、それほど時間はかからなかった。

好きになるのって、運命、のようなことがかかわっているのだと、わたしは今も思っている。わたしにとって運命というのは、いろいろな縁がおりかさなったもの、というイメージだ。たいそうな運命をせおったひともいるけれど、わたしの場合は、ごくささやかな運命のもとに生きている。「あれ」のことは、けっこう大きな運命のめぐりあわせなのかもしれないと思うこともあるけれど、もしも何かを願ったとしても、自分とは無関係なところでしかその願いは働かないのだ。

　わたしの人生は、ごく地味でささやか。

　千崎さんとつきあっていると、なおさらそう思う。そして、そのことが、嬉しい。

　ママの人生は、かなり紆余曲折《うよきょくせつ》な、波乱に満ちたものだった。パパと結婚して、ほどなく別れて、わたしを産んで、一人でわたしを育てて、繊細なその神経は休まる暇がなくて、すてきな女のひとだったからときおり男のひとの影がさすこともあったけれど結局パパとのような恋にはならなくて、そして早くに亡《な》くなった。

　わたしは、ママが今も大好き。でも、ママのようには生きないだろう。

　ママはいったい、「あれ」で、何を願ったのだろうかと、最近しばしば考える。千崎さんとの毎日が楽しいので、考えるのかもしれない。それでわたしは、ママの昔の手帳を、このごろ順に読んでいっているのだ。

ママの手帳は、乱雑だ。なぐり書きしたような字で、仕事のものものもプライベートなものも、さまざまな予定が書きちらしてある。予定の合間には、何かに対するシンプルな感想や少しの愚痴や意味のわからないメモ書きがある。

その走り書きを見つけたのは、千崎さんとのデートから帰ってきて服を脱ぎ、下着姿でベッドに身をなげだして、枕元に置いてあるママの手帳をめくっていた時だった。

願ってしまった

ママが亡くなる七年ほど前の、珍しくあまり書きこみのない五月の連休のあたりの余白に、そう書いてある。

ゆっくりと、わたしは手帳をめくっていった。

黄ばんだ、新聞の小さな切り抜きが、六月の第一週のページにはさんであった。

死亡記事だった。

聞いたことのない、画家だという女の人の名前と、四十二歳という年齢、多臓器不全という死因が、そっけなく連なっている。新聞の日付は、切り抜きのはさんであったママのその手帳の六月の、第一週の中の一日だった。この年、ママも四十二歳だったはずだ。

スマホをとりだし、死亡記事の名前を検索する。ウィキペディアの記載はなかったけれど、誰かのブログに、その画家のことが少しだけ書いてあった。群馬県の美術館でその画家の絵を見たことと、うどんがおいしかったことが書いてある。十五年くらい前のブログである。画像検索をしたら、不鮮明な絵が何枚か出てきた。本人の画像がないかとたどっていったら、ずいぶん下の方に、はっきりとした目鼻立ちのモノクロの写真があった。ママに似ていると、見たとたんに感じた。

ママが願ったのは、きっとこの画家のことなのだと、わたしは直感した。

いったいこの画家は、誰なんだろう。胸が、大きく動悸を打っていた。見てはいけないものを見てしまった後悔のような、けれど、ママのことをもっと深く知ることができる期待のような、両方のまじった感情が、あふれてきた。

衣笠雄大　二十九歳

たしか、と、ぼくは思い返す。有原は、ぼくのことを「ああいうのが、最後にはうまく行かなくなる」と言ったんじゃなかったのか。

給湯室の女子たちの言葉を信用するなら、そのはずだ。

最後にはうまく行かなくなるような同僚と、同じ方向をめざす、つまり社内での同じ派閥に属することを、はたして人は望むだろうか？

父に電話してみた。こんな時、意見を聞く相手が父しかいないというのは、少しばかり情けないのだけれど。

「ねえ、会社に派閥とか、ある？」

「あると思えば、ある。ないと思えば、ない」

「どういう意味？」

父によれば、派閥などというものは、あるようにみえて、実は日々変化しつつ混沌《こんとん》としつつ存在しているものなので、実際のところ、まずは派閥のトップの真意が何なのかをつかんでいる者は、そのトップ自身をもふくめてほぼ存在しないものなのだし、派閥に誰が属しているかも日々変わってゆくものなのだし、それぞれの派閥への忠誠心も、ある日は大だと思ったら次の日には突然しぼんでいたりするけっこう適当なものなのだ、ということなのである。

「それは、父さんが派閥とかいう感じのものに属した結果の意見？」

「いいや、おれは派閥は嫌いだ」

「だから閑《ひま》な部署にとばされたの？」

「そうかもしれない」

派閥の実情を知らない父に聞いたのが、まちがいだった。

「派閥に入るチャンスが到来したのか？」

父が聞いた。

「チャンスって」

「知らない世界に飛びこむのは、いいことだ」

「父さんには、チャンスはなかったの？」

「おれは、男社会の中での可愛《かわい》げがないから」

自分のことなのに、よくわかっている。

「ぼくには、可愛げはあるのかな」

「わからん。おれにとっては、可愛い息子だけどな」

こうやって時々恥ずかしげもないことを言う父が、ぼくはけっこう好きだ。でも、たいがい次の瞬間には肩すかしをくらう。

「外務省の派閥は、チャイナ・スクールとかロシア・スクールとかいうふうに、なんとかスクールって呼ばれるのがふつうなんだけど、ちょっと違うカテゴリーで、マフィアって言い方もあるんだってよ」

「マフィア」

「そもそもマフィアってのはアラビア語由来の言葉で……」

「もういい」

電話を切ったあとで、ぼくはため息をついた。でもまあ、電話をする前よりも、少しだけ気持ちがゆるんだのは事実だ。

少し前の電話で、父が言っていた言葉を、ぼくは思いだす。

自分のために、純粋に、どうしてもかなえたいこと。それがぼくにはあるのか、という言葉だ。

考えていると、メールがきた。ラインではなくメールか。思いながら開くと、門田専務からだった。

「明日また勉強会を開きます」

時間と場所が書いてあるだけの、そっけないメールだった。有原経由ではなく、なぜ門田専務から知らせが直接きたのだろう。腹の中の体温が、二度くらい冷えたような気がした。

上原多英　十三歳

草平さんもなりちゃんも、あたしに何かが起こっていることに気がついている。それがもしかすると学校でのいじめかもしれないっていうことにも。

草平さんは、ときどきあたしに、

「きみはいつでも好きなことをしていいんだからね。いやなことがあったら、いやと言っていいんだし、いやなことを避けるために逃げてもいいんだよ」

と言う。これって完全に、あたしがいじめを受けているってことがわかってるっていうことなんじゃないかな。

あたしは、自分がいじめを受けていることを知られるのが、いやだ。もう知られているとしても、それをはっきり言葉にしてしまうのが、いやだ。

「いやなことをいやって言うのは、むずかしい」

あたしはゆっくり答える。

「そうだね」

草平さんは、うなずいた。それ以上草平さんは何も言ってこなかった。助かる。でも、いじめを受けてることを知られているらしいのに知られていない顔をずっとしてるのは、はき気をがまんしてはかないようにしてる時と同じ感じで、苦しい。

「ねえ、新しいスノードームのアイディア、一緒に考えてよ」

なりちゃんは、そんな時のあたしに、言う。たぶんなりちゃんは、草平さんよりもあたしの気持ちがもっとよくわかっている。だから、それっぽい言葉は、いっさい口にしない。

「アメリカンヒーローものとかは？」

「ライセンスがあるからなあ」

「じゃあ、芥川龍之介《あくたがわりゅうのすけ》とか太宰治《だざいおさむ》とかの文ごうものは？」

「それ、いいかも」

なりちゃんは笑った。あたしも笑おうとしたけれど、胸に何かがいっぱいにつまっていて、笑えなかった。

夕飯はタイふう焼きそばだった。

「パクチーはカメムシのにおいがするから苦手なんだ」

草平さんはなりちゃんに文句を言った。

「カメムシに悪いよ、そんなこと言っちゃ」

なりちゃんは言い返した。

「カメムシに義理などないから、いいんだ」

草平さんも言い返す。パクチーも、つけあわせのサラダのアボカドも、あたしの好物だ。なりちゃんのいたわりの心が、あたしはとってもうれしかったけど、つらくもあった。その夜あたしは、草平さんの本だなにあった太宰治の『人間失格』を読んでみた。暗い小説だったけど、暗いからかえって、つらいのが少しだけ軽くなった。太宰治は、この小説を書いたあと、心中したって、先に読んだかいせつには、書いてあった。太宰はいいなあ、いっしょに死んでくれるひとがいたから。そう思ってから、ひやっとした。あたしはぜんぜん死ぬ気なんてないはずなのに、って。

永井カナコ　三十八歳

ショックから立ち直るのに、しばらくかかった。というか、きっとまだわたしはショックから立ち直っていない。

ママの、「あれ」のことだ。

ママの願いについて、わたしはうすうす見当がついてしまったのだ。

四十二歳で亡くなった、黄ばんだ新聞記事の画家は、パパの再婚相手だった。

ママはパパの住んでいる場所をわたしに教えようとはしなかったけれど、中学生のころ、わたしはママの鏡台の中にパパからの葉書を偶然見つけたことがある。葉書には、お金を振り込んだことと、わたしが元気でいるかどうか教えてほしいということが書いてあった。

それでは、パパはママとわたしのためにお金を払ってくれているのだと、その時はほっとしたおぼえがある。その後もお金は振り込まれつづけたのだと思う。ママは神経が細くて、仕事はしていたけれどときおり気が塞《ふさ》いで長い休みをとったりしたし、体も丈夫ではなかった。

わたしはその時、パパの住所をこっそり書き写した。すぐに会いたかったわけではない。でも、いつか、と思わなかったわけでもない。

ママが亡くなった時、結局わたしはパパに連絡をしなかった。だから、その後のパパの消息は知らなかった。それでも、ママの手帳にはさんであった死亡記事の画家の絵が群馬県の美術館にあると知った時、実のところわたしにはすでに予感があったのだ。なぜなら、中学生の時にこっそり写した父の住所は、群馬県だったから。

いくつかのＳＮＳを、わたしはたどってみた。そして、しまいにパパと画家が夫婦だったことを知った。パパ自身はネットには何も書いていなかったけれど、パパの周囲のひとが、パパと画家のことを書いていた。

ママは、パパとその画家の二人にかんして、たとえば二人が別れるように、と願ったのではないかと、わたしはまず疑った。けれど、それは不可能なことなはずだ。だって、パパはママとごく近しかったのだから。

そこで一瞬安堵したのだけれど、パパが再婚したその画家は、ママの知り合いではない。もしママが、彼女に関する何かだけを願ったなら、それがかなうことはじゅうぶんに可能だ。そしてその願いは、もしかすると彼女を死に至らしめる願いだったのではないか……。

わたしはママの手帳をさらにくわしく調べた。そして、五月の連休のスペースに書かれた「願ってしまった」という文字のそばに、さらに二つの言葉をみつけた。

もう絵を描かないで
しあわせは続かないで

もう絵を描かないで。そして、しあわせは続かないで。それが、ママの「あれ」だったのだろうか。

わたしは群馬県の美術館へ、画家の絵を見にいくことにした。

衣笠雄大　二十九歳

門田専務との「勉強会」は、なんと二人きりだった。

専務とさしむかい？

ぼくはびびっていた。専務などという人種と二人きりで、いったい何を言えばいいのか、どんな態度をとればいいのか、なんていうことは、今まで想像したこともなかったし。

「有原のことなんだけれど」

専務は単刀直入だった。

「彼は社長の娘婿とも近いと聞くんだが、どうなのかね？」

どうなのかね、と言われても。

「きみは、有原と同期だろう」

「ええ」

「そして、有原とは、それほど仲はよくない」

「ええっ?」

「心配しなくていい。地位は情報を集めるものなんだ。きみと有原の間がらなんていう情報は、ごく瑣末なものにすぎない」

「さまつ」

専務の口から出てくる、今までのぼくとは無関係な会社組織内抗争的表現に、ぼくはすでにノックアウトされかけていた。ていうか、これは現実なのか? もしかしてドッキリか?

「有原は、信用できるか、と聞いている」

「その前に、ぼくのことは信用しとぅるんですか」

驚きのあまり、噛《か》んだ。

「信用度は、関係ない」

信用度。またまた聞き慣れない表現が。

「有原が信用できるかできないかなんて、ぼくにはわかりません」

「ほお」

少なくとも、嘘《うそ》はついていない。ともかくこういうタイプが、ぼくはもっとも苦手なのだ。自分の権力のたしかさをよく知っている感じ。びゅんと鞭《むち》をふるう感じ。人を人と思わない感じ。なんていうか、つまり、日曜劇場に出てきそうな「専務」の感じだ。

　専務はコーヒーカップを口にはこんだ。ぼくたちは喫茶店で「勉強会」をおこなっているのだ。専務に、だんだん腹がたってきた。有原のことは全然好きじゃないし、有原だってぼくのことを好きじゃないだろうから——誰かが相手を嫌いな場合、相手もその誰かを嫌っている確率は九十パーセント以上だって、そういえばいつか父は言っていた——ぼくが有原のことをかばう必要は一つもないのだけど、それにしても仮にも自分に忠実な部下について、こんなふうな乱暴なさぐりの入れかたをするなんて、と。

　専務はゆっくりコーヒーを飲みほすと、立ち上がり、伝票を持ってレジへ歩いていった。自分の分は払います、と言おうとしたけれど、もう専務は払い終えていた。冷めたコーヒーを飲み、「あれ」のことを考えた。

　どこの誰か知らない人間が、しあわせになるような願いを、思いつきたいな。

　唐突に、そう思った。でも、しあわせって、いったい何だろう。

　しばらく考えたけど、よくわからなかった。それとは関係ないけど、自分は会社組織での出世とは一生無関係だろうなと、しみじみ実感した。コーヒーは、思ったよりもずっとおいしくて、それがいまいましかった。

上原多英　十三歳

草平さんが、苗場のコンサートのチケットを手に入れたと、うれしそうに言っている。なえば。何回聞いても、ふしぎなひびきだ。シズカが好きそうなひびきだな。

あたしはこの二週間、学校を休んでいる。その前に、あたしは教科書をかくされた。まだ出てこない。うわばきに水を入れられた。たいそう服をゴミ箱にすてられた。クラスの裏サイトで「死ね」って百二十三回書かれた。

なんでこんなにどこかで見たことあるようないじめかたをするの？　もっと気のきいたいじめとか、できないの⁉　と、あたしはシズカにうったえた。

「来週、学校に来なくていいかな」

シズカに言うと、シズカはじっとあたしを見た。

草平さんは、あたしが学校を休みたいと言ったら、うなずいた。

「行きたくないのか？」

「うん」

「じゃあ、休め」

苗場のコンサートのチケットを手に入れたことは、ちょうどその日の夕ごはんの時に、草平さんが発表した。

「ネットで買ったんだ」

いばったように言う。

「今ごろ？　言いだした日に買ったんじゃなかったんだ」

なりちゃんがつっこんだ。

「いろいろあって」

いろいろあったんじゃなく、草平さんがネットでものを買うのが苦手なのでもたもたしていただけだっていうことは、あたしもなりちゃんもよく知っている。

「よく買えたね、今ごろ」

「キャンセルが出たらしい」

「おおっ、キャンセル待ちまでできるようになったんだ」

なりちゃんが感心すると、草平さんは口をとんがらかして、

「最初からできてる」

と言った。

苗場のコンサートは、一ヶ月後だそうだ。一ヶ月後、あたしは学校に行けるようになってるのかな。

「太宰のスノードーム、つくってみたよ」

なりちゃんが言う。

「見せてみろ」

草平さんが言ったら、なりちゃんは顔をしかめて、言った、

「いやだ。けなすから。でも、多英ちゃんは、あとで部屋に来てね。太宰、あんまりイケメンにしなかったんだ。その方がかっこいい気がして」

見にいったスノードームの中の太宰治の顔は、小さすぎて、イケメンなのかそうじゃないのか、よくわからなかった。

永井カナコ　三十八歳

「人物を描く画家なんだね」

千崎さんが言った。

群馬県の美術館は、小さくてとても親密な雰囲気の場所だった。パパが再婚した画家の絵は、五枚飾られていた。四枚は男を描いたもの、一枚は自画像だった。

四枚の男の絵は、男が一人で立っているものもあれば、何人かの中にその男がいるものもあったけれど、どれもパパを描いたものだということは、すぐにわかった。パパの写真を、わたしはママに何回も見せてもらっていたから。ママとよりそっている、若い輝くばかりの笑顔をうかべた、パパ。

絵の中のパパは、ママとうつっているパパよりも、深い表情をしていた。年を重ねたからなのか、それともパパの内面を画家がうつしとったからなのかは、わからない。こんな男と恋をしてみたいと、わたしは一瞬思ったけれど、この男との恋は、きっとままならない恋に違いないとも思った。

千崎さんには、画家がパパの再婚相手だということは、すでに話してある。パパには少し前に手紙を出していた。あの時書きうつした住所に。戻ってこないところをみると、その住所にはパパではなくても誰かが住んでいるのだと思う。

「このあと、もう一か所、寄ってもいい？」

聞くと、千崎さんはにっこりと頷《うなず》いた。千崎さんのことが好きだ、と、強く思った。何かにすがるように。

パパの住所へは、美術館から車で三十分ほどだった。山の方にある集落の中に、ごく小さな茶色い家が建っていた。塀はなくて、一坪ほどの庭に、秋草がひっそりと繁《しげ》っていた。

玄関までは飛び石がしいてあった。落ち葉が石をおおっていた。呼び鈴がなかったので、扉をほとほとと叩《たた》いた。

「どなたですか」

という声がして、しばらくしてから扉が開いた。

パパだった。

「……カナコさん？」

パパは聞いた。

「はい」

わたしは答えた。

絵の中の男よりも、パパは年老いていた。千崎さんが、わたしとパパとを交互に眺めたあと、

「おお、似てますね」

と言った。

衣笠雄大　二十九歳

父が倒れた。脳梗塞《のうこうそく》だった。会社で倒れたのが不幸中のさいわいで、手当が早かったので、予後は悪くない。

　ぼくはしばらく実家に戻ることにした。退院してきた父は、思ったよりも元気だったけれど、右半身がまだうまく動かなくて、口もスムーズにはまわらなかった。

　会社から帰ると、父が夕めしを用意して待っていてくれるのだけど、献立は毎日鍋《なべ》だった。ネットスーパーで買う鍋のセットがいちばん栄養バランスがいいのだと、父は主張する。すぐに飽きたけど、鍋の用意はいいリハビリになるので、我慢した。

　週末にはぼくが大きく体を使う家事をする。父は手伝いたがった。かえって面倒なので断ると、ものすごく悲しそうな顔をするので、しかたなく簡単なことを頼んだ。

「子どもの手伝いだな」

　父は言った。舌がうまくまわらないので、こおものてつあい、と聞こえた。

　こうして直接父と顔をあわせていると、父の舌がまわらないせいだけじゃなく、しゃべることはあんまりなかった。電話ではけっこう話ははずんだのに。

夕飯の時には、テレビをつけるようになった。ぼくがまだ実家にいる時には、父はめしどきにテレビをつけることを許さなかったのだけど。

食事が終わるとぼくが片づけをし、そのあと父を介助しながら一緒に風呂《ふろ》に入る。

「息子でよかったね」

交代で湯船に沈みながら言うと、父はうなずいた。

夜は長かった。持って帰った仕事ははかどり、翌日の父の昼食の下ごしらえもするする進んだ。会社に通うんじゃなく家でできる職業をこれからあらためてさがそうかと、ぼくは本気で思った。

会社での社長の娘婿と甥の争いは、今や表面化しつつあった。有原は、なにやら暗躍しているらしかったけど、ぼくはもちろん蚊帳《かや》の外だった。

あの時専務に気の利《き》いた答えを言っていたら、今ごろこんなふうには、父と一緒に過ごせなかったかもしれない。ほんとうによかった。そう思いながらも、ほんの少しだけ、つまらなかったのも事実だ。何かからつまはじきされてしまった感じ。で、つまはじきされたところからは、もう一生声はかからない感じ。

会社内でのマウンティングしたりされたりが苦手なのに、どうしてこんなふうに感じてしまうんだろう。

「ねえ、『あれ』、決め直した？」

実家に戻ってから二ヶ月ほどたったころ、ぼくは父に聞いてみた。父の舌のもつれは、このところずいぶん回復している。

「少し考えてる」

「どんな？」

「近所のことに関する何かにしようかなと」

「あ、それ、いいかも」

「ところでおまえ、『あれ』のこと、今もやっぱり信じてるのか」

「え」

「いや、信じてるんなら、まあいい」

そう言って父は、ぼくを見た。ばかな息子をみている父親の表情だ。ばかな息子で、悪かったたな。

父はずいぶん元気になった。先週から会社にも行きはじめている。

「今の部署でのいごこちは、どう？」

ぼくは聞いた。

「暇だから、助かる」

「人間万事塞翁《さいおう》が馬、だね」

「昭和の人間か、おまえは」

「いいや、ゆとりどまんなかだよ」

「それにしてはもの知りだ」

「ゆとりなめんな」

父は、笑った。

「近所に、何をするの？」

聞いてみる。

「ここらへんは保守的だから、左派の市議候補が次の選挙でたくさん当選するように、とかな」

父はすっかり父に戻っている。安心と、少しのうんざりが、同時にやってきた。

「もうそろそろ、アパートに帰るかな」

ぼくが言うと、父は一瞬心ぼそそうな顔をした。ちょっとだけ、嬉《うれ》しかった。

上原多英　十三歳

学校までは行けるけど、教室にはどうしても行けなかった。二時間めくらいからあたしは保健室に登校し、お弁当を食べ終わると、みんなが下校する前に学校を出る。

深海さんから、この前ショートメールがきた。

「スマホを買いました。いつか教えてもらった番号に出してます。まだ同じだといいけど」

そう書いてあった。それで、深海さんにスマホの番号を教えてあったことを、あたしは思いだした。たしか、やっぱり理科クラブをつくろうかなと思っているって深海さんが言った時だった。結局深海さんはその計画をやめたみたいだったけど。

「ごぶさたしてます」

あたしはよそよそしく返した。何を書いていいのか、わからなかったので。

「ライン、してみたいです。はじめてのラインです」

深海さんから、すぐにそう返信がきた。

「はい。ＱＲコード、送ります」

「こちらのＱＲコードです」

またすぐに返信がきた。

その日、あたしと深海さんは何回かラインで話した。最後に深海さんは、リアルにこわい顔をした深海魚のスタンプを送ってきた。どこでこんなものを手に入れるんだろうって思いながら、あたしはウサギのスタンプを返した。

その日、あたしは久しぶりにシズカの小屋に行ってみた。シズカはえさ箱のうしろにかくれて、出てこなかった。シズカ、と呼んでみたけど、じっとしていた。

そのまた次の日、保健室から帰ろうとすると、保健室前のろうかに、あたしをいじめる子たちが立っていた。

「もう学校来るな」

一人が言った。

「くさい」

「めざわり」

「ブス」

「死ね」

「はやく死んで」

このひとたちはやっぱりよくある悪口しか言えないんだなって、心の中でばかにしようとしたけれど、その「よくある悪口」に、あたしはすごくきずついて、足がふるえた。

くやしかった。

こわかった。

走ってにげながら、自分が泣いていることがわかった。泣くつもりなんてないのに。

くやしい。くやしい。くやしい。

心の中でさけびながら、走った。すぐに家に帰ったら、泣いていたことが草平さんにばれてしまうので、知らない公園を一時間くらい歩きまわった。寒かった。池にカモがうかんでいた。カモになりたかった。池のまわりにはえている柳でもいい。池にうかんでいる白鳥のボートだっていい。人間じゃないものなら、なんでもよかった。

父さん。母さん。会いたいよ。

何回も、空に呼びかけた。

だれも、答えなかった。

日がくれたので、家に帰った。草平さんがいやに年とってみえた。おかえり、と言われたけれど、答えられなかった。その夜は、ごはんを食べずに、すぐにベッドにもぐりこんだ。朝まで、ぜんぜんねむれなかった。

次の日から、またあたしは学校に行けなくなった。

永井カナコ　三十八歳

「そんなに似てるかしら」

驚いて千崎さんに訊ねると、千崎さんは静かな声で答えた。

「美術館で絵を見た時にも、思ってた」

パパはわたしと千崎さんのやりとりを、玄関先に立って聞いていた。それから、

「まあ、あがってください」

と言った。

家の中は、片づきすぎるでもなく、散らかっているでもなく、居心地よく片づいていた。パパはお茶を淹《い》れてくれた。少し、濃かった。

「大きくなったんだね」

「大きくなりました」

「カナコさんの写真は、ときどき彼女が送ってくれていたんだよ」

パパは言った。彼女というのは、ママのことだろう。

「ママと最後に会ったのは、いつですか」

思いきって、わたしは聞いてみた。

しばらく、パパは黙っていた。それから、居ずまいをただし、

「小枝子《さえこ》が亡くなった翌年に」

と答えた。

パパは、ママと会った時のことを、問わず語りに話してくれた。離婚してからママと会ったのは、その一回だけであること。その時ママが思いつめた様子だったこと。パパの再婚相手である小枝子さんがどうして亡くなったのか、とても気にしていたこと。小枝子さんは癌《がん》で亡くなったこと。その数年前に小枝子さんがすでに余命を告げられていたことを教えると、ママはひどくほっとした様子になったこと。そのあと、わたしのことを、とても嬉しそうに語ったこと。

「彼女は、カナコさんのことをとても大切に思っていたよ」

「はい」

わたしは小さな声で答えた。

「僕は彼女のことを大切にできなかったけれど」

「いいえ、それは」

パパは顔をあげ、わたしの目をじっと見てから、首を横にふった。

「大丈夫、わたしは今しあわせです」

そうわたしが言うと、パパは今度はうなずいた。そして、

「申し訳なかった」

と、ひとことだけ、言った。

帰り道、夜の高速道路を運転する千崎さんの隣に座りながら、わたしはあのひとのことを思いだしていた。今も恋しいと思ったり、反対に千崎さんとひきくらべてあれこれ思ったり、ということではない。あのひとと過ごしていた時には、いつも誰か不幸なひとがいないかどうかを必死に気にかけていたことを、思いだしていたのだ。

千崎さんと過ごすようになってから、わたしは誰かが不幸かそうでないかを測ることを、しなくなった。だって、不幸とか不幸でないとかは、自分でも測れないことなのだと、わかったから。

パパには、今わたしはしあわせだと言ったけれど、もしかすると明日にはわたしは不幸になってしまうかもしれない。千崎さんといるとしあわせだからこそ、そう思うのだ。

ママはやっぱり、小枝子さんの死を願ったのかもしれない。小枝子さんが亡くなった翌年にパパを訪ね、自分が小枝子さんの死を願ったのよりももっと前から小枝子さんが病んでいたことを知って、ママはほっとしたにちがいない。でも、いくらほっと

したとしても、ママの胸にはずっと強い悔恨が残っていたことだろう。

それで、最後にはみんなしあわせになりました。おしまい。

ママがいつも幼いわたしに語ってくれたお話の終わりの言葉を、思い返す。

ママ、わたし、誰かがしあわせになるために、願いを使うよ。約束する。心の中で、わたしはママに言ってあげる。

小枝子さんの描いた自画像は、ママと顔だちは似ているけれど、ママとはまったく異なる雰囲気の魅力をたたえていたこと。ママがあたしに説明したどんな言葉よりもみごとに、小枝子さんがパパの本質を絵に描いて表現したこと。その二つがあいまって、たぶんママはなおさら小枝子さんを憎んだのだ。今のわたしにはよくわかる。千崎さんと出会って、人を真に愛することを知った、わたしには。

衣笠雄大　二十九歳

もー、というぼくのスマホの、牛の鳴き声の呼び出し音がきっかけで何回か夕めしに行った会社の女の子から、ユーミンのコンサートのチケットを二枚、もらった。正確に言うなら、八掛けで買った。

「楽しみにしてたのに、行けなくなっちゃったんです。彼女さんと、どうぞ」

女の子は言い、てきぱきとぼくからお金を受け取った。彼女さんは、いません。言おうかと思ったけど、やめておいた。

ぼくは、父をコンサートに誘った。冬の苗場は寒いので、脳梗塞になったことのある父には向かない気もしたけれど、ホテルで過ごすぶんにはきっと問題はないだろう。父は、あんがい素直に行くと言った。

学生時代には何回かスキーに行ったけど、今回はゲレンデに出るつもりはなかった。それなのにいざ苗場に着くと、ぼくは久しぶりに雪原に出たくてたまらなくなってしまった。父のリハビリと気晴らしにつきそう孝行息子のつもりでやってきたのに、思いがけずうきうきしてしまったのだ。

「かまわないから、行ってこい」

父は言った。

「道具とか服とか、何も用意してないよ」

「全部借りられる」

「よく知ってるね」

「三十五年前からそうだ」

「来たこと、あるの？」

「三十五年前に、おかあさんとな」

亡《な》くなった母は、ユーミンの大ファンだったのだと、父は言った。初耳だった。

「親の音楽の趣味なんて、子どもは知らないものだろ」

「おとうさんもファンだったの？」

「ユーミンてのは女子どもの聞くものだっておれはいつも言ってたから、おかあさんにはいやな顔されたな」

「でも、苗場には一緒に来たんだ」

「恋人と泊まれるなら、どこにでも行く」

女子どものもんだ、とか言ってたのに、父はホテルの部屋に入ると、ユーミンの「春よ、来い」を鼻歌で小さくうたいはじめた。

「ほんとは好きなんじゃないの、ユーミン？」

「いや、興味ない」

夕方まで、ぼくはゲレンデで過ごした。息が白くて、ころぶと痛かった。冷たくて痛いのが、爽快《そうかい》だった。派閥とか暗躍とかさぐりあいとかとは、まったく無関係な、天然の痛みだったから。

コンサートは翌日だったので、その日は早めに寝た。ツインの部屋で父と過ごすのは、なんだか妙な感じだった。

翌日はよく晴れていた。父と一緒に、少しだけゲレンデを歩いた。夜にはじまるコンサートのために、父は昼寝をした。その間、またぼくはゲレンデに出た。

永井カナコ　三十八歳

千崎さんと、はじめて旅行に来ている。

「もう一度、きみのパパを訪ねてみようよ」

そう言われたのである。

金曜日に有給休暇をとってまずパパの家を訪ね、あらためてわたしと千崎さんは、将来結婚することを報告した。

「結婚を前提」ではないつきあいだったのが、いつの間にか「結婚する」になっていったみちすじを、千崎さんは面白おかしくパパに報告した。

「カナコさんは、けっこう頑固なんです。なかなか慣れてくれなくて」

「慣れる？」

　わたしが聞き返すと、千崎さんはうなずいた。

「慣れない猫みたいで」

「カナコさんのママも、そうだったなあ」

　パパは、なつかしそうに言った。その屈託のないなつかしそうな父の表情に、少しだけ胸が痛んだ。ママ、ごめん、と心の中で謝った。

「小枝子さんの、どこが好きだったの？」

　わたしは聞いてみた。しばらく考えてから、パパは答えた。

「頑固なところ」

「頑固な女が好みだったっていうこと？」

「いやあ、結果的に、だなあ」

　パパは玄関先で、去ってゆくわたしたちに手を振った。車でずいぶん遠ざかってからふりかえったら、点のようになったパパは、まだそこに立っていた。

　冬の群馬の山道は、暮れるのが早い。小さな温泉宿に泊まって、ゆっくりと泉質を楽しんだ。翌日は苗場にまわった。ユーミンのコンサートのチケットを、千崎さんがとってくれていたのだ。

　早めにディナーをすませ、夜のコンサートにそなえた。ディナーの席で、わたしは

「あれ」のことを、千崎さんにはじめて教えた。わたしが推しはかったママの「あれ」のことも、一緒に。千崎さんは、何も言葉をはさまずに聞いていた。

「カナコさんは、『あれ』がほんとうに実現するって、信じているの？」

全部を聞き終わってから、千崎さんはそう聞いた。

「わからない。ママの空想だったのかもしれないって、今は思ってる」

「だと、いいね」

ママがしたかもしれない願いのことを、千崎さんは思いやってくれているのだ。

「かなったかかなわなかったか、結局は、わからないのだものね」

わたしが言うと、

「うん。悪魔の証明みたいなものだな」

千崎さんはそう答えた。

「なあに、悪魔の証明って」

「そもそも所有権の帰属について証明することが、ものすごく難しいっていうことを、中世ヨーロッパの法学者たちが論議した時に……」

「あ、それ、もういい」

千崎さんは笑った。わたしも一緒に笑った。そろそろ行こうか。千崎さんは立ち上がった。いったんホテルの部屋にもどり、わたしたちは何回か熱いキスをかわした。

それから、コンサートに行くために、身じまいをおこなった。

衣笠雄大　二十九歳

コンサートはすごかった。ユーミンのコンサートには象が出たこともあるって、ネットには書いてあったので、内心期待していたのだけれど、出なかった。象は出なくても、じゅうぶんに迫力あるコンサートだった。

「ユーミン、体力あるね」

間奏の合間に父にささやくと、父はうなずいた。スタンディングの時も、父はずっと座っていたけれど、ほかにも座っているお客は何人もいた。いろんな年齢のお客が、いろんな楽しみかたをしていた。

アンコールが終わり、会場の照明が明るくなり、お客は立ち上がった。父は、ぼうっと座りこんでいる。

「疲れた？」

顔をのぞきこみながら聞いた。父はうつむいていた。鼻をすすっている。

「いや」

鼻声だ。

「泣いたの？」

「聞くな」

ホテルの部屋に帰ってから、ウイスキーソーダをつくり、父と二人で飲んだ。父よりもぼくの方が、珍しくペースが早かった。

「なあ」

父が言った。

「なに？」

「おれ、『あれ』を実行した」

「え」

「さっき、コンサートの間に」

「ユーミンが永遠に生きますように、とか？」

「悪い、ユーミン、それは思いつかなかった」

「なんだ、泣いてたくせに」

「コンサートの、おれの斜め前の席に、子どもがいたろう」

「そういえば」

コンサートの年齢層はわりと高めだったけど、若い男女もたくさんいた。でも、その子どもは中でもかなり若い、っていうか、まだほんとうの「子ども」だったので、ぼくも覚えていたのだ。

「あの子、ずっと静かだったんだ」

「礼儀正しい感じの子だったよね」

「静かすぎた」

「静かすぎ？」

脳梗塞で倒れた時のことを、父はぼくにぽつぽつと語った。倒れた時、父は一瞬、ものすごく静かな場所にいたのだそうだ。これで絶対に死ぬ、とは思わなかったけれど、もしかしたら死ぬかもしれない、とは感じた。そして、そう感じることは、怖いことだったけれど、いっぽうで、ひどく心地よいことでもあった。

「あの子、その時のおれと、同じような静かな場所にいるような気がした」

「気のせいじゃないの？」

「そうかもしれない」

でも、あんなに子どもらしい子どもが、もし万一、自分と同じような静かな場所に引きこまれているとしたら、まずいんじゃないか。父の本能が、父にがんがん警告を出したのだという。

「で、『あれ』を発動した？　その子がしあわせになるようにって」

「いや、人のしあわせを願うなんていい人ぶったことを、おれはしない」

「じゃあ、どうしたのよ」

　ぼくは珍しく、少しよっぱらってきていた。

「思わせぶりはやめて、結論から言ってよ」

「子どもの敵を呪《のろ》った」

「呪うって、それ、こわ」

「敵がいるかいないかわからないけど、ものすごい勢いで、呪った」

「まずいんじゃない、それ？」

「まずくない。そもそもおれは『あれ』のことなんか、信じてないから、いいんだ」

なによー、それ。いろいろ矛盾してるよー。ぼくは叫んだ。いつも大きな声なんか出さないぼくが、こんな叫ぶように何かを言うのは、ユーミンのコンサートでの興奮がまだおさまっていないのと、よっぱらっているのの、両方からだろう。

「なんか、ひとりよがりな願いだなあ。いろいろ、まちがってるし」

「いいんだ、人間、いろいろまちがうものだ」

父は言い、立ち上がって空になったグラスをバスルームに運んでいった。水を流す音がする。だいぶ父の体が動くようになったなと、霞《かすみ》がかかったようになっている頭の片隅で思った。それから、「あれ」を信じていないはずの父が、実はけっこう「あれ」を信じてるのが可笑《おか》しいな、とも。そしてまた、ぼくの方こそ本当は「あれ」を信じてないいんだな、ということも。

翌日ぼくの運転するレンタカーで、東京に帰った。助手席で、父はさんざんぼくの運転の下手くそさを、こきおろし続けた。

永井カナコ　三十八歳

コンサートは、すてきだった。ユーミンの歌は豊かで、ミュージシャンたちの奏《かな》でる音は、なんともいえずきもちよかった。きらきらした気持ちのまま、わたしは千崎さんと手をつないでホテルの部屋まで帰った。

その夜、ツインの部屋のベッドは、一つしか使われなかった。夜明けがた、千崎さんの隣で目が覚めた。寝つかれず、カーテンを開けて窓から外を眺めた。ちょうど朝日がのぼろうとしているところだった。子どもが一人、雪の中にいた。子どもは、ただじっと立っていた。空を見あげていた。女の子だった。凍えているような表情だった。遠くにいるのに、表情がみえるのは、不思議だった。もしかしたら、夢をみているのではないかと思った。

子どもはそのままずっと立っていた。山の方に行くでもなく、ホテルの方に戻ってくるでもなく、ただ立っていた。デジタルの時計を見ると、目が覚めてからすでに一時間がたっていた。こんなに速く時間が過ぎているのは、やはり夢だからだろうと思った。

空を見あげていた女の子が、突然こちらを見た。びっくりした。こちらを見たからだけではない。女の子が、ママがときどきしていたのと、同じ表情をしていたからだ。

ママがみせてくれている夢なのだろうか。

小さな声で、ママ、とよびかけた。

ママに似たあなた、しあわせでいてね。わたしは願った。今がきっと、わたしの「あれ」なのだ。しあわせでいてね。重ねて、願った。

ねえママ、パパは元気だったよ。小枝子さんも、最後までしあわせだったって、パパは言っていたよ。もう後悔しなくていいよ、ママ。

気がつくと、女の子はいなくなっていた。その次に気がついた時には、わたしは千崎さんの隣で、暖かい羽布団《はねぶとん》にくるまれていた。ふしぎな夢だったなあと思った。

上原多英　十三歳

苗場は、寒かった。

ユーミンのコンサートの間じゅう、「死ね」っていう言葉が、あたしの心の中でひびきわたっていた。でも、そのうちに「死ね」っていう言葉の意味がわからなくなってきた。音楽が、言葉の意味をなしにしてくれてるような感じだった。「死ね」の、「し」の音と「ね」の音が、ユーミンの声の中のほかの言葉とまじって、ぜんぜんちがうものになっていくような。

うしろの席にいるおじさんが、あたしをじっと見ていることに、コンサートの後半になってから気がついた。一回だけ、ふりむいてみた。おじさんは、あたしにウインクをした。

「あぶないおっさんがいるね」

なりちゃんがすぐに気がついて、あたしにささやいた。

コンサートが終わってから、なりちゃんと二人のツインの部屋にもどった。夜おそくなってたけれど、家にいてだんだん夜がたになったあたしと、もともと夜がただったなりちゃんは、ずっと起きていておしゃべりをした。

だれかとこんなにたくさんしゃべるのは、久しぶりだった。ていうか、もしかしたら、生まれてはじめてかもしれなかった。

夜が明ける少し前に、なりちゃんとあたしは、厚着をしてゲレンデに出てみた。そのうちに、太陽が、少しずつのぼりはじめた。父さんと母さんは、お空の上なんだよね。空を見あげながら、あたしはつぶやく。お空の上も寒いのかね。なりちゃんもつぶやく。

どこからか、だれかに見られている感じがした。きのうの夜のコンサートで、あぶないおっさんにじっと見られた時と同じように。

まわりを見まわしてみたけど、だれもいなかった。

寒いからもう帰ろう。なりちゃんが言った。二人でいそいでホテルにかけこんだ。フロントでは、朝早く出発する人たちが、ねむそうな顔でチェックアウトをしていた。

あたしはきっと、だいじょうぶだ。

なりちゃんと二人で足ぶみをしながら、なぜだかわからないけど、そう感じていた。

まるで、だれかにやくそくしてもらったみたいに。でも、いったい、だれに？

お昼に新幹線に乗ったところで、スマホがふるえた。深海さんからのラインだった。

「こんど遊びにいっていい？」

と書かれていた。

「うれしいです」

すぐに返した。

「炎色反応の実験してあげる」

と来たので、

「うちでしてくれるんですか」

と聞いてみた。

「もちろん」

「火とか使いますか」

「使う」

「こわくないよ」

「きれいなだけ」

どんどんくる。

そのあと、またリアルな深海魚のスタンプがきた。しばらくしてから、
「学校なんてこなくていいと思う」
ってきて、それきり、もうスタンプもこなくなった。

あたしは次の月、三回学校に行けた。あたしをいじめる子たちは、あいかわらず悪意むきだしで、学校ではまだ深海さんと会っていないけど、あたしは今は死にたいとは思っていない。四月になって中二にあがれば、クラスがえもあるし。

なりちゃんは、ユーミンの苗場コンサートのスノードームを作ろうとして、失敗した。

「しかけが大きすぎて、スノードームにおさまらん」

「ねえ、なりちゃんは、一つだけ願いごとがかなうなら、何を願う?」

ふと思いついて、あたしは聞いてみた。

「世界人類が平和でありますように」

「答え、はやいね」

「だって、本気でそう思ってるんだもん。多英ちゃんは?」

「わかんない。一つだけの願いを、今使っちゃったら、なんかもったいないし」

「そりゃ、そうだ」

なりちゃんは笑って、あたしの頭をつるっとなでた。「春よ、来い」を鼻歌でうたいながら、草平さんが部屋に入ってきた。今夜はグリーンカレーにするか。草平さんが言ったので、あたしもなりちゃんも、さんせい、と声をそろえた。

「春よ、来い」from the single as same title（1994年）

解説

酒井順子

ユーミンは、空想が好きな少女でした。キラキラと光る水面《みなも》を眺めながら。砂場で。草むらで。そして大きな呉服店である家の土蔵の中で。日がな座って、空想の世界で遊び続けていたのです。

空想に浸り続けていられるというその資質は、小説家のそれと共通しています。ユーミンの歌は、時に時空を超越する壮大な世界を、そして時に日常の一ページを切り取りますが、その源流は、少女時代の空想へと繋《つな》がっているのでしょう。

空想好きな少女はやがて音楽を愛するようになり、一九七二（昭和四十七）年、シングル『返事はいらない』でデビューします。当時十八歳の、大学一年生でした。それまで流行《はや》っていた、反戦等のメッセージ性の強いフォークソング等とは異なり、一瞬の雰囲気や感情を切り取った彼女の歌は、若者達の人気を得るのです。

翌年にはファーストアルバム『ひこうき雲』が発売され、その実力はさらに知られ

ることに。この『ひこうき雲』と、セカンドアルバム『MISSLIM』についてユーミンは、

「本当の意味での、もう二度とできない私小説のアルバム」

と語っています（エッセイ『ルージュの伝言』）。そして二枚のアルバムで「私」を出し切った後、ユーミンは様々な手法で歌という物語を紡《つむ》ぎ続け、五十年にわたってポピュラーミュージックの最前線に立ち続けることになるのでした。

ユーミンのデビュー五十周年を記念して刊行された本書は、ユーミンを愛する六人の作家達が、自身が選んだ曲にそれぞれの思いを乗せた短編集となっています。デビュー直後から時系列順に並ぶ六作は、以下の通り。

「あの日にかえりたい」小池真理子

「あの日にかえりたい」は、一九七五年に発売されたシングル盤ですが、ちなみにこの曲のリリースの二ヶ月後に、ユーミンは松任谷正隆氏と婚約しています。この曲はすなわち、独身生活の最後の時期に作られました。

「青春の後ろ姿を
　人はみな忘れてしまう」

とあるこの歌。大人の世界に入った者は、若い時代に戻ることが決してできないという人生の不可逆性がここで歌われているのは、曲が作られた時期と無関係ではないように私は思います。

小説の舞台となっているのは、曲のリリースと同じ、一九七〇年代前半です。ユーミンのデビューと同じ年に発生した連合赤軍によるあさま山荘事件等によって、七〇年安保闘争も下火になりつつあった頃の学生達の姿が、この物語では描かれているのでした。

皆が背伸びをしながらも自由に生きる中、一人の男性を間に挟んだちょっとしたすれ違いから仲違《なかたが》いしてしまった、タカコとハルコ。そしてタカコの中には、ハルコとの仲違いによる痛みが、トゲのように残り続けることになります。戻ることのできない過ぎ去った日への郷愁が、ほろ苦さと共に伝わってくる、青春群像なのです。

「DESTINY」桐野夏生

悲しい内容だけれど明るくアップテンポなこの歌は、一九七九年にリリースされた『悲しいほどお天気』に収められた一曲。

この曲のもう一つの特徴は、微量のユーモア成分を含むところでしょう。自分をふ

った男性と偶然、そしてようやく再会した時、

「どうしてなの　今日にかぎって
安いサンダルを　はいてた」

のが、歌の主人公。彼女はそのことによって、彼が自分にとって運命の人ではないことを悟るのです。

そして小説に漂うのもまた、軽快なリズムと、ちょっとしたユーモアなのでした。主人公である大学職員の男性は、破綻《はたん》の少ない人生を淡々と送っています。が、ある日出会った「運命の人」が、彼の人生のリズムを揺さぶりました。

そんな彼に、自らの運命を悟らせた存在とは、何だったのか。運命という重大なものを決定するのは、決して同じくらい重大なものではないことがわかります。

「夕涼み」江國香織

一九八二年『PEARL PIERCE』の中の一曲、「夕涼み」。

「二人きりの夕涼みは
二度と来ない季節」

とあるように、この歌もまた、人生の不可逆性を歌います。若さも、夏も、祭りも、

いずれは終わる。若いうちからそのことを知っていたユーミンは、青春の無常を数々の名曲に仕立てました。

小説の主人公である花は、結婚を控えた妹の言葉に、新婚当時滞在していたポルトガルで見た、老女達が夕涼みをしている光景を思い出します。無言で夕涼みをしていた老女達の姿は、当時の彼女には、奇妙に思えたのです。

しかし結婚してから既に長い時間が経《た》ち、花は老女達の沈黙の意味が、いつしか理解できるようになっていました。結婚生活を続ける中、ただ沈黙するしかないことが日々あることを、彼女は既に知っているのです。

気がつけば、いつの間にか〝頂点〟は過ぎている。……夕涼みは、そのような感慨をもたらす行為なのかもしれません。暑さの盛りが過ぎて落ちついてきた頃には、既に何かが終わっている。それを知りつつ、私達は明日もまた、暑さが続くことを信じようとするのです。

「青春のリグレット」綿矢りさ

「私を許さないで　憎んでも覚えてて」

という歌詞が印象的なこの曲。愛し合っていたのに、彼の夢についていくことができずに別の男性と結婚する女性が、元彼のことだけが「青春のリグレット」なのだ、としています。

この曲は、一九八五年発売の『DA・DI・DA』に収められているのですが、このアルバムにはバブル初期ということで、やけに勢いの激しい、女の軍歌のような歌が多く入っています。ふった相手に自分のことを「許さないで」「覚えてて」と勝手なことを言うこの歌の主人公もまた、恋愛という戦場における女軍人の一人でしょう。

小説においては、歌詞が忠実に拾い出され、物語の中に当てはめられています。主人公の菓子《かこ》は、どこまでも優しい陸と付き合いながらも、陸を愛することができません。菓子は陸をさんざ傷つけた後、「ほんの三月前は　指からめた交差点」で、「笑って話せるね　そのうちにって握手」してから、別れるのです。

しかし作者は、歌では放置されている主人公のずるさを、そのままにはしませんでした。元彼とうまくいかなかったことだけが青春のリグレットなのだ、と甘やかな気分に浸る彼女は、小説の中でどのような運命を辿《たど》るのかを知るにつれ、「リグレット先に立たず」との思いを、私は強くしたのです。

「冬の終り」柚木麻子

小説の中でも記されているように、一九九二年に放送されたフジテレビのドラマ「その時、ハートは盗まれた」の主題歌となったこの曲（同年リリース『TEARS AND REASONS』収録）。主人公の女子高校生（一色紗英）は、先輩（木村拓哉）に片思いをしながらも、女友達（内田有紀）にファーストキスを奪われ、やがて彼女の方に気持ちが傾いていく……という、当時としては斬新《ざんしん》な設定でした。

このドラマの主題歌として聴くと、高校の教室を舞台にしたこの曲の、

「頑張るあなたが　憎らしかったの
　置いてきぼりにされるみたいで」

といった歌詞は、男女間ではなく、女子高校生同士の話として聞こえてきます。嫉《しっ》妬《と》や所有欲が蠢《うごめ》く、友情とも愛情ともいえぬ壊れやすい感情が、この曲には満ちているのです。

女子校出身ということで、実は〝女同士ソング〟にも名作の多いユーミン。作者はそんな一曲を選びましたが、とはいえそこに色恋は絡《から》めず、女性同士が支え合い、助け合う物語に。女性同士の間の爽《さわ》やかな感情のやりとりを、活力いっぱいに描き出しました。

「春よ、来い」川上弘美

冬が終わり、やがて春。本書の最後を飾るのは、一九九四年にシングルとして発表され、今やクラシック曲ともなった感のある「春よ、来い」です。

バブル期、ユーミンもバブル感が濃厚に漂う歌を歌っていました。一方でその時期、物質文化とは正反対の、聖なる存在や愛、永遠といった、抽象度の高いテーマについての歌も目立つようになります。時代の少し先を読む能力に長《た》けているユーミンは、物質文明の只中《ただなか》で、次に求められるものを感じ取っていたのです。

バブル崩壊後の経済低迷期の曲である「春よ、来い」にしても、特定の男女の恋愛というより、さらに大きな愛を歌った一曲。

「愛をくれし君」
「夢をくれし君」

という歌詞の「君」に、聴く人によって様々な対象を当てはめることができるからこそ、この歌は今も歌い継がれているのではないか。

小説において我々が接することができるのは、「愛をくれし君」の実像です。この小説に登場するのは、「あれ」、すなわち一度だけ願いをかなえる能力を持っている人々。一方にいるのは、学校でいじめられている女子中学生です。

縁もゆかりもない登場人物達はやがて、ユーミンの磁力に引き寄せられるかのように、苗場のライブ会場に集まってくるのでした。

そこで起こるのは、しかし奇跡ではありません。ただ、皆がライブを楽しむだけ。……なのだけれど、読後に漂ってくるのは、「春は、来る」という濃厚な予感です。誰かのためになりたいという気持ちこそが春を呼ぶということを、「春よ、来い」という歌と小説は、我々に教えてくれるのです。

この作家がこの曲を、という選択の妙に、納得やら驚きやらを感じつつ読んだ、以上六篇。作家達がユーミンの曲を大胆に消化することによって、読者を意外な地へと連れていってくれる物語ばかりです。しかし作家達は曲の源に刻まれるリズムを敏感に掴《つか》み取っているのであり、読みながら脳裏に流れてくるのはやはり、元の歌。

六篇の小説は我々読者に、ユーミン作品の別の側面を伝えます。ユーミンファンとしては、「この曲はこんな感じ」というイメージが、頭の中で既に固定されているものです。が、作家達が新たな方向から曲に光を当てると、今までは見えていなかった陰影が見えてきて、ユーミンの歌を「読む」体験は、私にとって新たな旅となりました。

ユーミンの中の文学性と、作家達の中の音楽性が、図らずも浮かび上がることとなった本書。音楽家と作家、異なる種類の空想力が相まって、贅沢《ぜいたく》な〝アルバム〟が完成しました。

（令和四年五月、エッセイスト）

本書は、松任谷由実（ユーミン）デビュー50周年を記念して、六人の作家による書き下ろし中短篇を収録したオリジナル小説集です。

新潮文庫最新刊

朝吹真理子著
TIMELESS
お互い恋愛感情をもたないうみとアミ。ふたりは〝交配〟のため、結婚をした――。今を生きる人びとの心の縁《よすが》となる、圧巻の長編。

安部公房著
飛ぶ男
安部公房の遺作が待望の文庫化！ 飛ぶ男の出現、2発の銃弾、男性不信の女、妙な癖をもつ中学教師。鬼才が最期に創造した世界。

西村京太郎著
土佐くろしお鉄道殺人事件
宿毛へ走る特急「あしずり九号」で起きたコロナ担当大臣の毒殺事件を発端に続発する事件。しかし、容疑者には完璧なアリバイがあった。

紺野天龍著
幽世《かくりよ》の薬剤師6
感染怪異「幽世の薬師」となった空洞淵は金糸雀を救う薬を処方するが……。現役薬剤師が描く異世界×医療×ファンタジー、第1部完。

J・バブリッツ
宮脇裕子訳
わたしの名前を消さないで
殺された少女と発見者の女性。交わりえないはずの二人の孤独な日々を死んだ少女の視点から描く、深遠なサスペンス・ストーリー。

浅倉秋成・大前粟生
新名智・結城真一郎
佐原ひかり・石田夏穂
杉井光
著
嘘があふれた世界で
嘘があふれた世界で、画面の向こうにいる特別なあなたへ。最注目作家7名が〝今を生きる私たち〟を切り取る競作アンソロジー！

JASRAC　出 2203594-405
NexTone　許諾番号 PB000052686

Yuming Tribute Stories《ユーミン・トリビュート・ストーリーズ》

新潮文庫　し - 21 - 31

令和四年七月一日発行
令和六年三月十日五刷

著者　小池真理子　桐野夏生　江國香織　綿矢りさ　柚木麻子　川上弘美

発行者　佐藤隆信

発行所　株式会社新潮社
郵便番号　一六二―八七一一
東京都新宿区矢来町七一
電話　編集部(〇三)三二六六―五四四〇
読者係(〇三)三二六六―五一一一
https://www.shinchosha.co.jp

価格はカバーに表示してあります。

乱丁・落丁本は、ご面倒ですが小社読者係宛ご送付ください。送料小社負担にてお取替えいたします。

印刷・三晃印刷株式会社　製本・株式会社植木製本所

ISBN978-4-10-133963-4 C0193